Mom
&
Me
&
Mom

MOM & ME & MOM
by Maya Angelou

Copyright ⓒ Maya Angelou, 2013
Korean Translation Copyright ⓒ MUNHAKDONGNE Publishing Corp., 2016

This Korean edition is published by arrangement with Random House,
an imprint of The Random House Publishing Group,
a division of Random House, Inc. through Imprima Korea Agency.
All Rights Reserved.

이 책의 한국어판 저작권은 Imprima Korea Agency를 통해
Random House, an imprint of The Random House Publishing Group,
a division of Random House, Inc.와 독점 계약한 (주)문학동네에 있습니다.
저작권법에 의해 한국 내에서 보호를 받는 저작물이므로
무단 전재 및 무단 복제를 금합니다.

이 도서의 국립중앙도서관 출판예정도서목록(CIP)은
서지정보유통지원시스템 홈페이지(http://seoji.nl.go.kr)와
국가자료공동목록시스템(http://www.nl.go.kr/kolisnet)에서 이용하실 수 있습니다.
(CIP제어번호: CIP2016009094)

엄마, 나 그리고 엄마

마야 안젤루 지음
이은선 옮김

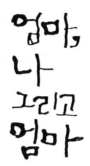

문학동네

넓은 마음으로 내게 엄마가 되는 법을 가르쳐주었고,

내가 아는 남자들 중 가장 용감하고 마음씨 넓은

내 아들 가이 베일리 존슨에게 이 책을 바칠 수 있게 허락한,

비비언 백스터 여사에게 특별한 감사를 전합니다.

일러두기
1. 주석은 모두 옮긴이주이다.
2. 본문 중 고딕체는 원서에서 이탤릭체로 강조한 부분이다.

프롤로그

나는 종종 어떻게 지금의 내가 되었느냐는 질문을 받는다. 백인의 나라에서 흑인으로 태어났는데, 돈이라면 다들 사족을 못 쓰고 무슨 수를 써서라도 부자가 되려 하는 사회에서 가난뱅이로 태어났는데, 겨우 대형 선박과 몇몇 기관차에 여성형 대명사를 쓰면서 생색내는 환경에서 여성으로 태어났는데 어떻게 마야 안젤루가 되었느냐는 것이다.

그럴 때면 나는 『톰 아저씨의 오두막』에 나오는 흑인 소녀 톱시의 말을 따라 하고 싶어진다. "몰라요. 그냥 이렇게 컸어요." 이렇게 말하고 싶은 유혹을 느낀다. 내가 단 한 번도 그렇게 대답하지 않은 데에는 여러 가지 이유가 있다. 우선 십대 초반에 그 책을 읽고 무식한 그 아이를 보며 창피했기 때문이다. 그리고, 내가 지금 이런 여자로 성장한 것은 사랑하는 할머니와 흠모하게 된 어머니 덕분이라는 것을 알기 때문이다.

두 분의 사랑이 나를 일깨우고 가르치고 해방시켰다. 나는 세 살부터 열세 살까지 친할머니와 함께 살았다. 그 기간에 할머니는 내게 뽀뽀를 해준 적이 한 번도 없었다. 하지만 손님이 오면 나를 불러다 손님들 앞에 세우고는 내 팔을 쓰다듬으며 물었다. "이렇게 널빤지처럼 곧고 땅콩버터처럼 갈색인 예쁜 팔 본 적 있어요?" 아니면 내게 메모장과 연필을 주고 손님들 앞에서 숫자를 불렀다.

"좋다, 애야. 242, 그다음 380, 그다음 174, 그다음 419를 적어라. 이제 그걸 더해봐." 할머니는 손님들에게 말했다. "이제 잘 봐요. 얘 삼촌 윌리가 시간을 쟀거든요. 이 분 안에 끝낼 수 있어요. 기다려봐요."

내가 정답을 말하면 할머니는 자랑스러워하며 얼굴을 환히 빛냈다. "봤죠? 우리집 꼬마 교수님이라니까?"

사랑은 사람을 치유한다. 치유하고 해방시킨다. 내가 여기에서 말한 '사랑'이라는 단어는 감상적 의미의 사랑이 아니라, 밤하늘의 별들을 그 자리에 있게 하고 혈액이 우리 몸속 혈관을 타고 질서정연하게 흐르도록 만드는 강력한 힘을 의미한다.

내가 이 책을 쓴 이유는 사랑이 어떤 식으로 사람을 치유하는지, 그리고 어떻게 깊이를 알 수 없는 나락에서 상상 불가능한 높이까지 오를 수 있도록 돕는지 이야기하기 위해서다.

엄마 그리고 나

1

20세기의 첫 십 년은 미주리 주 세인트루이스에서 가난한 흑인 여성으로 태어나기에 썩 좋은 시기라고 할 수 없었지만, 비비언 백스터는 가난한 흑인 부모 밑에서 가난한 흑인으로 태어났다. 나중에 자라면 아름답다는 소리를 들을 것이었지만. 어른이 되면 보기 좋은 갈색 피부에 머리칼을 드라이어로 힘을 주어 뒤로 넘긴 숙녀로 소문이 날 것이었지만.

트리니다드 섬 출신으로 카리브 해 지역 사투리가 심했던 그녀의 아버지는 플로리다 주 탬파 만을 지날 때 바나나보트에서 뛰어내렸고, 평생 출입국 관리사무소 직원을 용케 피해 다녔다. 그는 스스로 미국 시민이라며 자부심 가득한 목소리로 크게 떠들곤 했다. 되고 싶어한다고 누구나 미국 시민이 될 수 있는 건 아니라고 알려준 사람은 아무도 없었다.

피부가 짙은 초콜릿색이었던 아버지와 달리 그녀의 어머니는 백인으로 통할 만큼 피부색이 옅었다. 흑인의 피가 8분의 1 섞였다는, 이른바 옥토룬이었다. 머리는 긴 직모였다. 식탁에서 그녀는 땋은 머리를 밧줄처럼 빙빙 돌리다 깔고 앉는 식으로 아이들을 웃겼다. 아일랜드 출신이었지만, 독일인 양부모 밑에서 자란 탓에 독일식 억양이 도드라졌다.

비비언은 백스터 집안의 첫째였다. 그 밑으로 여동생 리어가 태어났고, 남동생 투티, 클래드웰, 토미, 빌리가 뒤를 이었다.

아이들이 자라자 아버지는 폭력적인 성향을 대물림했다. "너희가 도둑질이나 강도질로 철창신세를 지면 거기서 썩도록 내버려둘 거다. 하지만 폭행으로 고소당하면 너희 엄마를 팔아서라도 보석금을 마련해주마."

그들은 '망나니 백스터 가족'으로 명성을 떨쳤다. 성질을 건드리는 사람이 있으면 그가 사는 동네나 드나드는 술집으로 찾아갔다. 남자 형제들이 (무기를 들고) 술집에 쳐들어가 입구와 바 양쪽 끝과 화장실을 점령하면, 클래드웰이 나무 의자를 들어서 부수고 그중 한 토막을 비비언에게 건넸다.

그는 이렇게 말하곤 했다. "누나, 가서 저 자식을 두들겨 패."

그러면 비비언은 "어떤 놈?" 하고 물었다.

그런 다음 나무 몽둥이를 들고 가 상대를 때렸다.

남자 형제들이 "그만하면 됐어"라고 하면 백스터 일당은 폭행을 멈추고 악명을 남긴 채 자리를 떴다. 그러고는 집에 가서 신나게 무용담을 떠벌렸다.

백스터 집안의 할머니는 침례교회에서 피아노 반주를 했고, 아이들이 부르는 성령 충만한 복음성가 소리를 좋아했다. 그녀는 냉장실을 버드와이저로 가득 채우고, 냉동실에는 아이스크림을 쌓아두었다.

사나운 누나가 이끄는, 누나 못지않게 거친 백스터 형제들은 부엌에 모여 화음을 넣어가며 〈십자가로 가까이〉를 부르곤 했다.

십자가로 가까이 나를 이끄시고
거기 흘린 보혈로 정케 하옵소서.

백스터 집안 사람들은 자신들의 노래 실력을 자랑스러워했다. 토미 삼촌과 투티 삼촌은 베이스였고, 클래드웰 삼촌, 아이러 삼촌, 빌리 삼촌은 테너였다. 비비언은 알토를, 리어 이모는 하이

소프라노를 맡았다(식구들은 이모의 트레몰로 소리도 듣기 좋다고 했다). 오랜 세월이 흐른 뒤 우리 아버지 베일리 존슨 1세를 따라 우리 오빠 베일리 존슨 2세와 세인트루이스의 외가에 놀러 갔을 때 나는 외가 식구들의 합창을 자주 들었다. 그들은 목청이 크고 음조가 정확하다는 것을 자랑스러워했다. 어쩌다 동네 사람들이 합창에 끼면 저마다 제일 큰 소리로 노래하려고 기를 썼다.

비비언의 아버지는 아들들이 벌이는 거친 놀이에 대한 무용담을 늘 듣고 싶어했다. 하지만 열심히 귀를 기울이다가도 놀이가 주먹다짐이나 하다못해 실랑이도 없이 끝나면 잇새로 김을 내뿜으며 이렇게 말했다. "그건 어린애들 장난이잖아. 실없는 이야기로 내 시간을 낭비하지 마라."

그러고는 비비언에게 말했다. "비비, 이 녀석들 나이에 계집애들 장난이나 치면 되겠니? 녀석들을 계집애처럼 자라게 내버려두지 마라."

비비언은 아버지의 분부를 진지하게 받아들였다. 동생들을 반드시 터프 가이로 키우겠다고 아버지에게 약속했다. 그녀는 동생들을 데리고 동네 공원에 가서 가장 높은 나무에 오르는 시범을 보였다. 동네에서 가장 억센 남자아이들과 싸움을 벌이면서도 남동생들에게 도움을 청하는 법이 없었고, 청하지도 않았는데 싸움을 거들어주길 기대하지 않았다.

어느 날 그녀는 여동생더러 계집애라고 했다가 아버지에게 된통 혼이 났다.

"네 여동생은 평범한 여자아이다. 하지만 너는 그 이상이야. 비비, 너는 이 아빠의 아들 같은 딸이지. 평생 그렇게 억세게 지낼 필요는 없을 거다. 클래드웰이 어느 정도 자라면 네 자리를 물려받을 테니까."

비비언이 말했다. "내가 물려줄 줄 알아요?"

모두들 웃음을 터뜨렸고, 비비언이 어떤 무모한 장난을 통해 그들에게 터프 가이가 되는 법을 가르쳐주었는지 저마다 하나씩 이야기했다.

2

나이가 들어서도 눈부신 미모를 자랑했던 어머니는 1924년 잘생긴 군인이었던 우리 아버지를 만났다. 베일리 존슨은 장교 훈장과 엉터리 프랑스 억양을 가지고 제1차세계대전에서 귀환한 병사였다. 두 사람은 감정을 자제할 수 없었다. 비비언의 남동생들이 위협적으로 그의 주변을 맴돌았음에도 둘은 사랑에 빠졌다. 그는 참전 용사에다 남부 출신이었다. 흑인 남자란 어려서부터 협박에 맞서 싸워야 한다고, 그러지 않으면 남자가 아니라고 배우는 곳 출신이었다.

백스터 형제들은 베일리 존슨을 위협하지 못했다. 비비언이 그만들 두라고, 행실 똑바로 하라고 한 뒤였으니 더더욱 그럴 수밖에 없었다. 비비언의 부모님은 딸이 의사도 변호사도 아닌 남부 출신과 결혼한다는 데에 못마땅해했다. 그는 자칭 영양사라고 했다. 백스터 집안 사람들은 그 말을 깜둥이 요리사라는 뜻으로 해석했다.

비비언과 베일리는 티격태격 시끄러운 백스터 집안에서 벗어나 캘리포니아로 거처를 옮겼고, 거기서 베일리 2세가 태어났다.

나는 그로부터 이 년 뒤에 태어났다. 우리 부모님은 이내 서로 함께 지낼 수 없는 사이임을 깨달았다. 그들은 성냥과 기름 같았다. 심지어 어떤 식으로 이혼할지를 놓고도 싸웠다. 양쪽 다 어린 두 아이를 책임지지 않으려고 했다. 두 분은 갈라서면서 나와 베일리 오빠를 아칸소 주에 사는 우리 친할머니에게 보냈다.

아칸소 주 스탬스에 도착했을 때 나는 세 살, 베일리 오빠는 다섯 살이었다. 우리는 보호자도 없이 팔에 이름표를 달고 그곳으로 갔다. 나중에 알게 된 사실인데, 풀먼 침대차 짐꾼과 식당차 웨이터들이 북부에서 아이들이 내리면 남부행 열차로 갈아태워주는 걸로 유명했다고 한다.

나는 세인트루이스에 머물렀던 끔찍했던 기간을 제외하면 열세 살까지 친할머니 애니 헨더슨 여사와 아버지의 동생인 윌리 삼촌과 쭉 스탬스에서 살았다. 세인트루이스에서 지낸 기간은 아주 짧았지만, 나는 거기서 성폭행을 당했고 성폭행범은 살해되었다. 나는 내가 그의 이름을 우리 가족에게 말했기 때문에 그의 죽음이 내 책임이라고 생각했다. 그리고 죄책감에, 그때부터 베일리 오빠 말고는 아무에게도 말을 하지 않기로 했다. 내 목소리가 사람을 죽일 수 있을 만큼 강력하긴 해도 우리가 서로를 워낙 사랑하니 오빠만큼은 피해를 입지 않을 거라고 판단한 것이다.

어머니와 외가 쪽 친척들은 나를 달래서 입을 열게 하려고 했지만, 그들은 내가 아는 사실을 몰랐다. 내 목소리가 살상 무기라는 사실을. 그들은 말없이 뚱한 아이에게 이내 지쳐 우리 둘을 헨더슨 할머니가 있는 아칸소 주로 돌려보냈고, 우리는 그곳에서 할머니의 보살핌과 삼촌의 주의 깊은 감독 아래 조용히 별 탈 없이 지냈다.

똑똑한 베일리 오빠는 열네 살이 되면서 흑인 남자아이가 인종차별이 심한 남부에서 지내기 위험한 연령대로 접어들었다. 당시는 마을에 하나뿐인 포장도로를 백인이 걸어가면 어느 흑인이라도 옆으로 비켜 도랑으로 가야 하던 시대였다.

베일리 오빠는 무언의 명령에 순순히 따르는 편이었지만, 가끔은 요란하게 팔을 내저으며 큰 소리로 말하기도 했다. "그래요, 당신이 왕이죠. 당신이 왕입니다."

동네 주민들 몇몇이 베일리 오빠가 시내에서 백인들을 앞에 두고 어떤 식으로 행동했는지 할머니에게 전하기도 했다.

할머니가 우리 둘을 모두 불러다놓고 베일리 오빠에게 말했다. "주니어―할머니가 부르는 오빠의 별명이었다―, 잘난 척하러 시내에 갔던 거냐? 백인들을 놀렸다가 그 사람들 손에 죽을 수도 있다는 거 몰라?"

"엄마—오빠와 나는 할머니를 종종 그렇게 불렀다—, 저는 그 사람들이 지나갈 때 옆으로 비켜준 죄밖에 없어요. 그게 그 사람들이 바라는 거 아닌가요?"

"주니어, 내 앞에서 건방진 소리 하지 마. 네가 남부에서 살기엔 너무 나이가 많아질 때가 올 줄 알았다. 이렇게 금방일 줄은 몰랐지만. 너희 엄마 아빠한테 편지를 보내야겠다. 너하고 마야, 특히 베일리 너는 캘리포니아로 돌아가야 할 거다, 조만간."

베일리 오빠는 벌떡 일어나 할머니에게 입을 맞추고는 말했다. "전 가시덤불로 도망친 꾀돌이 토끼예요."

그 말에 할머니조차 웃음을 터뜨렸다. 옛날이야기에 따르면 어느 농부의 당근을 훔쳐 먹던 꾀돌이 토끼가 농부에게 붙잡혔다. 농부가 그를 죽여 스튜를 끓여먹겠다고 하자 토끼가 말했다. "저는 그래도 싸요. 죽여주세요. 그저 가시덤불에 던지지만 말아주세요. 제발요. 그것만은 하지 말아주세요."

농부가 물었다. "가시덤불이 무서운 모양이지?"

토끼는 부들부들 떨며 말했다. "네. 제발 저를 죽여서 먹어주세요. 거기 던지지만 말아주세요……"

농부는 토끼의 기다란 귀를 잡고 잡초 덤불 속으로 던졌다.

토끼는 깡충깡충 뛰었다. "원래 여기 있고 싶었지롱!"

오빠가 엄마와 다시 살고 싶어한다는 걸 알았지만 난 헨더슨 할머니 곁이 정말 편했다. 나는 할머니를 사랑하고 좋아했고, 할머니의 사랑이라는 우산 아래 있을 때 안심이 됐다. 오빠를 생각하면 캘리포니아로 돌아가는 게 맞았다. 그 또래 흑인 남자아이는 백인 여자아이에게 관심을 보이기만 해도 큐 클럭스 클랜*에게 얻어맞거나 다치거나 린치를 당할 위험이 컸다. 아직 오빠가

---

* 남북전쟁 이후 흑인에게 동등한 권리를 부여하는 것에 반대하는 남부 백인들이 결성한 비밀 조직. 보통 KKK단으로 불린다.

백인 여자아이에 대해 말한 적은 없었지만, 사춘기로 접어들었으니 예쁘장한 백인 소녀를 보면 마음이 움직일 수밖에 없을 터였다.

그래서 나는 말했다. "알았어요. 저도 갈 준비가 됐어요."

3

할머니는 두 명의 풀먼 침대차 짐꾼과 한 명의 식당차 웨이터를 통해 할머니와 오빠와 나, 우리 셋의 표를 구했다. 할머니는 할머니와 내가 먼저 캘리포니아로 가면 한 달 뒤에 오빠가 따라올 거라고 했다. 열세 살짜리 여자아이를 보호자도 없이 둘 수는 없어서 그러는 거라고 했다. 오빠는 월리 삼촌이 옆에 있으니 별 탈 없을 것이었다. 오빠는 자기가 월리 삼촌을 돌본다고 생각했지만, 사실은 월리 삼촌이 오빠를 돌보는 거였다.

열차가 캘리포니아에 도착했을 때, 나는 너무 겁이 나서 드디어 엄마를 만나러 간다는 사실을 감당할 수가 없었다.

할머니가 내 손을 잡아주었다. "아가, 무서워할 거 없어. 너희 엄마잖니. 우리가 깜짝 방문하는 것도 아니고. 편지에 주니어가 얼마나 컸는지 써서 보냈더니 네 엄마가 캘리포니아로 오라고 우리를 초대한 거야."

할머니는 나를 품에 안고 몸을 앞뒤로 흔들며 콧노래를 흥얼거렸고, 그러자 진정이 됐다. 열차에서 내렸을 때 나는 우리 엄마임직한 사람을 찾아보았다. 누군가를 부르는 할머니의 목소리를 따라 고개를 돌렸을 때, 나는 할머니가 착각한 줄만 알았다. 하지만 입술을 빨갛게 칠하고 하이힐을 신은 아담한 미인은 우리 쪽으로 달려왔다.

"어머님! 어머님!"

할머니가 두 팔을 벌려 그 여자를 끌어안았다. 할머니가 팔을 내리자 여자가 물었다. "제 딸은요?"

주위를 두리번거리던 그녀가 나를 보았다. 나는 땅속으로 꺼져버리고 싶었다. 나는 예쁘지도, 심지어 귀엽지도 않았다. 영화배우처럼 생긴 그 여자에게는 나보다 훨씬 예쁘장한 딸이 어울렸다. 나는 그 사실을 알아차렸고, 그녀도 나를 본 순간 알아차린 게 분명했다.

"마야, 마거릿, 내 딸." 불현듯 그녀의 두 팔과 향수 냄새가 나를 감쌌다. 그녀는 나를 멀찌감치 붙잡고 자세히 들여다보았다.

"아가, 얼굴도 예쁘고 키가 정말 크구나. 너희 아빠랑 나를 닮았어. 만나서 정말 기쁘다."

그녀가 내게 입을 맞추었다. 나는 아칸소에서 산 몇 년 내내 뽀뽀를 받아본 적이 한 번도 없었다. 할머니가 나를 불러서 손님들에게 자랑한 적은 여러 번 있었다. "얘가 내 손녀예요." 할머니는 나를 쓰다듬으며 미소 짓곤 했다. 그게 입맞춤과 가장 가까운 것이었다. 그런데 비비언 백스터는 내 뺨과 입술과 두 손에 입을 맞추고 있었다. 나는 어찌할 바를 모르고 가만있었다.

하숙집이었던 그녀의 집은 무겁고 아주 불편한 가구들로 가득했다. 그녀는 방 한 개를 보여주며 내 방이라고 했다. 내가 할머니와 함께 자고 싶다고 말하자 비비언이 말했다. "스탬스에서는 할머니랑 같이 잤겠지만, 할머니는 조만간 집으로 돌아가실 거야. 그러니 네 방에서 자는 데 익숙해져야 해."

할머니는 캘리포니아에 머물며 나와 내 주변에서 일어나는 모든 일을 유심히 지켜보았다. 그런 다음 모든 게 아무 문제 없다는 결론을 내리고는 기뻐했다. 하지만 나는 그렇지 않았다. 할머니는 집으로 돌아가야겠다는 얘기를 꺼내며 몸이 불편한 아들이 어떻게 지내는지 궁금해했다. 내가 할머니가 떠나는 걸 두려워하자 할머니는 이렇게 말했다. "이제 엄마랑 같이 지내고 조만간 네 오빠도 올 것 아니니. 나를 믿고, 그보다 주님을 믿으렴. 오빠가 널 돌봐줄 거야."

어머니가 전축으로 재즈와 블루스 음악을 크게 틀면 할머니는 빙그레 웃었다. 가끔은 흥이 돋는다며 방 한복판에서 혼자 춤을 추기도 했다. 할머니는 자신과 판이하게 다른 생활방식을 받아들였지만, 나는 정말이지 적응이 안 됐다.

어머니는 이 주 정도 별다른 말 없이 나를 지켜보기만 했다. 그러더니 어느 날 "우리 같이 앉아서 이야기 좀 하자꾸나" 하고 말했다. 그렇게 우리의 다정한 대화가 시작되었다.

"마야, 넌 내가 할머니랑 달라서 못마땅하지? 맞아. 난 할머니하고는 달라. 하지만 난 네 엄마고, 너한테 이 지붕으로 비바람을 가리기 위해 뼈빠지게 일하고 있어. 학교에서 선생님이 널 보고 웃으면 너도 웃어주겠지. 잘 모르는 친구들이 웃더라도 역시 미소로 대답할 테고. 난 네 엄마야. 모르는 사람한테 억지로라도 웃어줄 수 있다면 엄마한테도 그렇게 해주렴. 그 마음, 고맙게 받아들이겠다고 약속할게."

어머니는 내 뺨에 손을 얹고 미소를 지었다. "자, 우리 딸, 엄마를 위해 웃어봐. 얼른. 엄마를 생각해서."

어머니가 우스꽝스러운 표정을 짓자 나도 모르게 미소가 떠올랐다. 어머니는 내 입술에 입을 맞추고 눈물을 흘렸다. "우리 딸 웃는 얼굴을 처음 보네. 너무 예쁘다. 우리 예쁜 딸이 웃을 줄 아네."

나는 예쁘다는 소리를 듣는 게 어색했다.

그날 나는 누군가에게 미소 짓기만 해도 베푸는 사람이 될 수 있다는 걸 배웠다. 그후 세월이 흐르면서, 따뜻한 말 한마디, 지지 의사표시 하나가 누군가에게는 고마운 선물이 될 수 있다는 걸 깨달았다. 내가 옆으로 조금만 움직이면 다른 사람이 앉을 수 있는 자리가 생긴다. 음악이 마음에 들면 소리를 높일 수 있고, 귀에 거슬리면 소리를 낮출 수 있다.

내가 자선사업가로 알려질 일은 없겠지만 인정 많은 사람으로 알려지고 싶은 소망은 있다.

나는 어머니를 인정하기 시작했다. 어머니가 어느 누구에게도 웃어 보이지 않는다는 걸 알아차렸기에 어머니의 웃음소리를 들으면 기뻤다. 몇 주가 지나자 내가 어머니에게 말할 때 아무 호칭도 쓰지 않는다는 것이 티가 나기 시작했다. 사실 내 쪽에서 먼저 말을 건넨 적이 거의 없었다. 어머니가 말을 걸면 내가 대답하는 식이었다.

어머니가 나를 자기 방으로 불렀다. 어머니는 침대에 앉아 있었지만 나더러 옆에 앉으라고 하지 않았다.

"마야, 난 네 엄마야. 몇 년 동안 네 곁을 떠나 있기는 했지만, 그래도 네 엄마야. 너도 그건 알고 있지?"

"네, 부인." 나는 캘리포니아로 건너온 이래 어머니가 물으면 몇 마디로 짤막하게 대답을 하고 있었다.

"나한테 '부인'이라고 할 필요 없어. 여긴 아칸소가 아니야."

"그렇죠, 부인. 아니, 그렇다고요."

"나를 '엄마'라고 부르기 싫은 거지, 그렇지?"

나는 아무 대답도 하지 않았다.

"그럼 뭐라고 부르면 좋을지 생각해보렴. 평생 호칭 없이 지낼 수는 없잖아. 나를 뭐라고 부르고 싶니?"

나는 어머니를 처음 만난 순간부터 줄곧 그 부분에 대해 고민하고 있었다. "레이디요."

"뭐라고?"

"레이디요."

"왜?"

"왜냐하면 예쁘고 아이 엄마처럼 보이지 않으니까요."

"레이디는 네가 좋아하는 사람이니?"

나는 대답하지 않았다.

"네가 좋아하고 싶은 사람이니?"

어머니는 내가 고민하는 동안 기다렸다.

"예."

"그럼 됐다. 나는 레이디고 누가 뭐래도 네 엄마야."

"맞아요, 부인. 아니, 그렇다고요."

"적당한 때가 되면 내가 새로운 호칭을 제시하마."

어머니는 나를 두고 밖으로 나가서 전축을 틀고 큰 소리로 노래를 따라 불렀다. 다음날, 나는 어머니가 할머니에게 일렀다는 것을 알게 됐다.

할머니가 내 방으로 들어왔다. "아가, 비비언은 네 엄마고 너를 사랑한단다."

내가 말했다. "오빠가 올 때까지 기다릴래요. 오빠는 어떻게 해야 하는지, 레이디라고 불러도 되는지 알 거예요."

4

어머니, 할머니, 나는 기차역으로 나가서 기다렸다. 열차에서 내린 오빠는 맨 먼저 나를 발견했다. 오빠의 온 얼굴에 번진 미소를 본 순간, 나는 캘리포니아에 온 뒤로 느꼈던 온갖 불편함을 까맣게 잊었다.

오빠는 할머니를 보자 함박웃음을 지으며 그쪽을 향해 손을 흔들었다. 그러다 어머니를 보았고, 오빠의 반응에 나는 가슴이 무너지는 것만 같았다. 오빠는 갑자기, 마침내 엄마 아빠를 찾은 미아가 되었다. 어머니와 자신의 집을 본 순간, 외롭게 보냈던 생일들은 모두 사라졌다. 침대 밑에서 무서운 소리가 들리던 밤들도 모두 잊었다. 오빠는 최면에 걸린 사람처럼 어머니에게 다가갔다. 어머니가 두 팔을 벌리더니 오빠를 꼭 끌어안았다. 나는 숨이 멎는 듯했다. 내 오빠가 그렇게 사라졌고, 그는 영영 돌아오지 않을 것이었다.

오빠는 다 잊었지만, 나는 어머니가 아주 가끔 장난감을 보냈을 때 우리 둘이 어떤 심정이었는지 기억했다. 나는 인형들의 눈을 죄다 찔렀고, 베일리 오빠는 근사하게 포장되어 온 트럭이나 기차를 큼지막한 돌멩이로 산산조각 냈다.

할머니가 내 어깨를 감싸안았고 우리 둘은 먼저 차를 세워둔 곳으로 걸어갔다. 할머니가 문을 열고 뒷자리에 앉았다. 그러더니 나를 보며 옆자리를 손으로 토닥였다. 우리는 앞자리를 새로운 연인을 위해 남겨두었다.

원래 계획은 오빠가 도착하고 이틀 뒤에 할머니가 아칸소로 돌아가는 것이었다. 나는 어머니와 오빠가 등장하기 전에 할머니에게 말했다. "같이 집으로 돌아가고 싶어요, 엄마."

할머니가 물었다. "왜?"

내가 대답했다. "할머니 혼자 그 열차를 타고 가야 한다니 생각하기도 싫어요. 제가 필요하실 거예요."

"언제 그런 생각을 한 거냐?" 나는 대답하고 싶지 않았다.

할머니가 말했다. "네 오빠랑 어머니가 다시 만나는 걸 보고 그러는 거니?" 나이 많은 시골 할머니의 눈치가 그 정도라니 놀라웠다. 벌써 오빠와 어머니가 차에 도착해서 내가 대답하지 않은 게 오히려 다행이었다.

어머니가 할머니에게 말했다. "어머님, 마야랑 어디 가셨는지 안 찾았어요. 차로 오실 것 같아서." 오빠는 내 쪽을 돌아보지도 않았다. 오빠의 시선은 자기 어머니 얼굴에 고정되어 있었다. "어머님에 대해서 부인할 수 없는 한 가지 사실이 있다면, 정말 현명한 분이라는 거니까요."

할머니가 말했다. "고맙구나, 아가. 그런데, 주니어?"

할머니는 두 번을 부르고야 오빠의 주의를 환기할 수 있었다. "주니어, 기차는 어땠니? 너 먹으라고 간식 만들어준 사람은 있었니? 삼촌은 어떻게 하고 출발했어?"

오빠는 이 세상에 다른 사람도 있다는 사실을 퍼뜩 기억하고는 할머니를 보며 활짝 웃었다. "예, 있었어요. 할머니처럼 음식 솜씨가 좋은 사람은 없었지만요."

오빠가 이번에는 내 쪽을 돌아보고 물었다. "왜 그래, 마야? 캘리포니아에 오더니 혀가 굳었어? 내가 차에 탄 뒤로 한마디도 하질 않네?"

나는 최대한 쌀쌀맞은 목소리로 말했다. "오빠가 나한테 말할 기회를 안 줬잖아."

곧바로 오빠가 되물었다. "왜 그래, 마야?"

오빠한테 상처를 주니 기분이 좋았다. "엄마랑 같이 스탬스로 돌아갈까봐." 나는 오빠의 마음을 갈기갈기 찢고 싶었다.

"아니, 그건 안 된다." 할머니의 말투는 평소와 다르게 매정했다.

어머니가 물었다. "이제 와서 왜 가겠다는 거니? 네가 손꼽아 기다리는 건 오빠뿐이라고 했잖아. 그런 오빠가 이렇게 왔는데." 그러고는 시동을 걸고 도로로 차를 몰았다.

오빠가 다시 어머니 쪽으로 고개를 돌리고 맞장구를 쳤다. "맞아요. 제가 이제 캘리포니아에 왔죠."

할머니가 내 손을 잡고 토닥여주었다. 나는 입술 안쪽을 깨물며 울음을 참았다.

집에 도착할 때까지 아무도 입을 열지 않았다. 오빠가 앞좌석 뒤쪽으로 한 손을 떨어뜨렸다. 그런 채로 손가락을 꼼지락거리기에 나는 그 손을 잡았다. 오빠는 내 손을 꽉 잡았다가 놓고 다시 앞좌석으로 손을 거두었다. 할머니는 우리가 주고받은 몸짓을 알아차렸지만 아무 말도 하지 않았다.

5

집안으로 들어가자 어머니가 말했다. "마야, 오빠한테 방이
어딘지 알려주고 옷 정리하는 거 도와주렴." 오빠를 어떤 식으
로 도와주면 되는지 말하지 않아도 아는데. 나는 계단 쪽으로 발
걸음을 옮겼다.

할머니가 말했다. "얘, 엄마가 얘기하잖니."

나는 중얼거리며 대답했다. "알았어요, 할머니."

오빠는 자기 방을 보고 감탄했다. 오빠가 침대에 앉아 물었다.
"왜 그러는 거야? 왜 그렇게 시무룩해?"

오빠한테 거짓말을 할 이유는 없었다. "나는 그 여자 싫어. 우
리를 왜 멀리 보냈는지 이해할 수 없어."

"왜 그랬는지 물어봤어?"

"당연히 안 물어봤지." 내가 대답했다.

오빠는 늘 그렇듯 예리하게 말했다. "그럼 물어봐야겠네."

"우리한테 동정표를 얻으려 들지 몰라."

"그럴지도 모르지. 내가 보기에는 씩씩한 분인 것 같던데. 우리 내려가서 물어보자."

나는 어머니를 상대하기가 두려워 머뭇거렸다. 하지만 오빠는 나를 잘못된 방향으로 인도한 적이 없었다. 오빠가 말했다. "가자, 마야." 오빠가 당장 옆문으로 나가기에 나도 따라 나갔다.

"어머니?" 오빠는 벌써부터 그녀를 어머니라고 불렀다.

어머니가 방안에서 나왔다. "왜 그러니?"

"마야하고 제가 여쭈어보고 싶은 게 있어서요. 대답하기 싫으시면 하지 않으셔도 돼요."

"까만 피부와 언젠가는 죽을 운명 말고는 뭐든 내가 선택할 수 있다는 거야 나도 알아. 뭘 묻고 싶은데?" 어머니가 말했다.

"왜 저희를 멀리 보내셨어요? 왜 돌아와서 저희를 데려가지 않으셨어요?"

"앉아라, 얘들아." 어머니가 말했다.

오빠가 나를 위해 의자를 꺼내주었고, 우리는 자리에 앉았다.

"너희 아버지와 나는 거의 결혼하자마자 사이가 틀어지기 시작했단다. 그런데 너희 둘이 태어났으니 너희를 어떻게 하면 좋을지 고민을 해야 했지. 거의 일 년 동안 노력했지만, 우리 둘이 함께 지낼 방법이 없다는 걸 깨달았어. 들짐승처럼 싸웠거든. 그때 어머님이 편지로 아이들을 보내라고 하셨지. 그 편지를 받고 나서 둘이 외식을 했는데, 일 년 만에 처음으로 서로 악담하면서 식당을 박차고 나가지 않고 저녁을 먹었단다."

어머니는 미소를 지었다. "너희가 보고 싶었지만, 그곳이 너희에게 가장 알맞은 환경이라는 걸 알았어. 난 끔찍한 엄마가 됐을 거야. 참을성이 없었거든. 마야, 네가 두 살쯤이었을 때 나더러 뭘 달라고 한 적이 있었어. 내가 수다를 떠느라 정신이 없어서 네가 내 손을 찰싹 쳤는데, 내가 생각하고 말고 할 겨를도 없이 너를 현관 밖으로 날아갈 만큼 세게 때렸지 뭐니. 널 사랑하지 않았던 게 아니야. 엄마가 될 준비가 안 돼 있었던 거지. 난 지금 사과하는 게 아니라 설명하는 거란다. 내가 너희를 키웠더라면 우린 셋 다 비참했을 거야."

6

우리가 캘리포니아에 도착한 뒤 얼마 지나지 않았을 때 어머니가 나와 오빠에게 말했다. "앉아라, 할 얘기가 있어." 오빠가 나를 보며 눈을 찡긋했고, 우리는 소파에 앉았다. 어머니는 안락의자에 앉아 결혼 전엔 백스터라는 성을 썼는데 우리 아버지와 결혼하면서 성을 존슨으로 바꾸었다고 말했다. 그러고 얼마 안 있어 이혼을 했고. 몇 년 전 어머니는 클라이델 잭슨 씨를 만났고, 그들은 서로 사랑해서 결혼했다. 클라이델 아저씨는 출장중이었고 조만간 돌아올 예정이었다. 어머니는 그가 멋진 사람이라며 우리 모두 잘 지낼 거라고, 서로 사랑하게 될 거라고 말했다.

오빠와 나는 둘만 남았을 때 새아버지에 대해 이야기를 나누었다. 오빠는 직접 만나보기 전에는 아무 선입견도 갖지 말라고 했고, 나는 알겠다고 했다.

어느 날 아침 어머니가 이쪽에 놓았던 유리잔을 집어서 저쪽으로 옮기고, 식탁에 이 접시를 놓았다가 저 접시로 바꾸었다. 곧 새아버지가 등장할 거라고 오빠가 말했다. 늘 그렇듯 오빠의 짐작이 맞았다.

어머니가 단정한 옷으로 갈아입고 새아버지를 맞이할 준비를 하라고 했다. 우리는 궁금해하며 거실에서 기다렸다.

잠시 후 어머니가 현관문 여는 소리가 들렸고, 우리는 앉아 있던 자리에서 일어섰다.

어머니는 우리를 클라이델 잭슨 씨에게 소개했다. 그는 키가 크고 몸집도 큰, 배가 살짝 나온 남자였다. 인상도 아주 좋았다. 스리피스 맞춤 정장을 입고 있어서 변호사나 은행원처럼 보였다. 넥타이에는 노란색 다이아몬드 넥타이핀이 꽂혀 있었고, 셔츠 칼라와 커프스는 풀을 먹여서 빳빳했다.

오빠와 나와 악수를 한 뒤 그가 말했다. "만나서 반갑구나. 너희 나이를 아는데, 내가 열다섯 살 때는 세상에 모르는 게 없는 줄 알았지. 나이를 먹으니 내가 아는 게 아무것도 없거나 아주 조금밖에 없다고 인정할 수밖에 없더구나. 너희도 분명 모르는

게 없겠지만, 내가 가르쳐줄 만한 게 몇 가지 있을 거야. 난 너희
가 들어본 카드 게임이나 내기 게임이라면 모르는 게 없거든. 노
력하지 않으면 아무것도 얻을 수 없다는 사실을 너희도 깨달았으
면 좋겠구나. 사람은 뭘 공짜로 얻을 수 있다고 생각할 때 이용
당하는 법이거든. 나를 클라이델 아빠라고 불러주렴. 나는 너희
어머니를 진심으로 사랑하고, 너희 세 사람을 항상 챙길 거다."

어머니가 우리 둘에게 입을 맞추고 말했다. "이제 2층으로 올
라가도 돼."

내 방 앞 층계참에서 오빠가 말했다. "마음에 드는데?"

나는 말했다. "난 잘 모르겠어."

오빠가 말했다. "날 믿어. 좋은 분이야. 너한테 나쁜 짓은 절
대 하지 않을 거야. 그는 우리 어머니를 사랑해."

7

할머니가 스탬스로 돌아가야 할 때가 됐다. 가슴이 어찌나 쿵쾅거리던지 터져버릴 것만 같았다. 할머니와 함께 지낸 시간이 워낙 길었기에, 내 팔에 바셀린을 발라주고 머리를 빗겨주는 할머니 없이 시작되는 하루는 상상조차 할 수 없었다. 하지만 우리는, 레이디와 베일리 오빠와 나는 기차역에 나갔다. 우리 세 사람은 플랫폼에서 할머니와 포옹을 나누었고, 오빠가 여행가방을 들고 객실까지 할머니를 배웅했다. 할머니 위로 허리를 숙인 오빠의 모습이 차창 너머로 보이는데 열차가 서서히 움직이기 시작했다. 나는 문 앞으로 달려가 외쳤다. "오빠, 열차가 출발하려고 해!"

내가 계단으로 올라서자 어머니가 내 외투 소매를 붙잡았다. "내려와. 얼른." 오빠가 문 앞에 나타나더니 플랫폼으로 폴짝 뛰어내렸다.

오빠가 활짝 웃었다. "나 여기 있어." 그리고 점점 속도를 내기 시작하는 열차 쪽으로 몸을 돌리고 손을 흔들었다.

"안녕, 엄마! 즐거운 여행 되세요!" 오빠가 칭찬해달라는 듯 돌아보자 어머니가 미소를 지었다.

오빠가 내 손을 잡았다. "가자, 마야. 여기서 집까지 멀지 않잖아, 그렇지?"

"응." 내가 대답했다.

"집에서 만나요, 어머니. 저희는 걸어갈게요. 집에서 만나요." 오빠가 말했다.

"그래." 어머니가 말했다.

레이디를 어머니라고 부르기는 했지만, 오빠는 나와 함께 집까지 걸어서 갔다. 나는 오빠가 하자는 대로 하는 데 익숙했고, 어머니는 제 마음대로 하는 오빠에게 적응해야 할 것이었다.

오빠가 달리기 시작하자 나도 따라 달렸다. 내게 오빠가 있다는 게, 좋아지기 시작했고 어쩌면 사랑까지 하게 될지 모르는 여자가 있다는 게 기뻤다. 앞으로 모든 일이 잘될지도 몰랐다.

어머니가 방에 있는 우리를 부르자 우리는 다 같이 2층 부엌에 앉았다. 나도 알게 된 사실이었는데, 어머니는 긴히 할 얘기가 있으면 먼저 우리더러 앉으라고 한 다음 "할말이 있다"라고 했다. 나중에 어머니한테 들리지 않을 만한 곳으로 자리를 옮기면 오빠는 어머니 흉내를 내곤 했다. "앉거라, 할말이 있다."

어머니는 늘 할말이 있었다. 식탁 위에는 어머니가 1층 냉장고에서 가지고 온 음료수가 놓여 있었다. 어머니는 나에게 유리잔 두 개에 얼음을 가득 채우라고 했고, 오빠한테는 1층으로 내려가 포드 파파에게 어머니가 술을 마시고 싶어한다고 전하고 술을 들고 오라고 시켰다.

포드 파파는 우리와 함께 사는 관리인 겸 요리사였다.

어머니는 나한테 아무 말도 없이 우리 잔에 콜라를 따랐다. 오빠가 위스키 온더록스를 들고 오자 어머니는 술잔을 우리 잔에 대고 부딪치며 말했다. "이러면 '건배'라고 하는 거야." 우리는 그렇게 했다.

어머니는 그제야 자리에 앉았다. "클라이델 잭슨 아저씨는 텍사스 주 슬레이턴 출신이란다. 거기서 초등학교 3학년까지 다녔지. 간신히 읽고 쓸 줄 아는 수준이지만, 서부 해안지대에서 손꼽히는 도박사야. 그뿐 아니라 절대 속임수를 쓰지 않고, 속임수를 쓰는 사람을 자기 도박장에 들이지도 않아. 그이는 다정하고 내가 존경하는, 내 아이들 곁에 두고 싶은 사람이란다.

이걸 명심해라. 앞으로 너희를 따라다닐 것들 중에서 가장 중요한 건 평판이야. 옷이나 돈이나 앞으로 너희가 몰게 될지 모르는 커다란 차가 중요한 게 아니야. 평판이 좋으면 세상 무엇이든 이룰 수 있단다. 헨더슨 할머니도 해주신 얘기라는 거 안다, 나랑 다른 표현을 쓰셨을지는 모르지만. 아무튼 여기서 나와 클라이델 아빠와 함께 사는 동안에는 거짓말하지 말고, 남을 속이지 말고, 많이 웃었으면 좋겠구나. 먼저 자기 자신을 향해서, 그다음에는 서로를 향해서 말이다.

포드 파파가 하는 일은 청소와 요리, 세탁소에 옷을 맡기는 거야. 너희 방은 너희가 치우고, 포드 파파를 존중해주기 바란다. 우리집에서 일하는 사람이지 노예가 아니니까."

나는 어머니가 점점 좋아졌다.

클라이델 아빠, 포드 파파, 오빠, 내가 식탁 옆에 서서 어머니를 기다리고 있을 때였다. 어머니가 문 앞에 나타나 선포했다. "모두 큰 식당으로 와주세요." 오빠와 나는 어리둥절한 표정으로 서로 마주보았다. 큰 식당에서는 일요일이나 손님이 계실 때만 식사를 했다.

"들어와요, 할말이 있으니까."

클라이델 아빠가 앉고 나머지 우리도 평소 앉는 자리에 앉았다.

식전 기도를 하려고 손을 모으자 어머니가 손사래를 쳤다.

"아니, 식사하자고 부른 게 아니에요." 어머니가 말했다. "마야가 나를 어머니라고 부르고 싶지 않은가봐요. 자기가 생각하는 어머니의 이미지가 나하고 맞아떨어지지 않는 모양이에요." 모두, 심지어 오빠까지 나를 못마땅한 눈빛으로 쳐다보았다. "그래서 나를 '레이디'라고 부르고 싶대요." 어머니는 잠깐 기다렸다 덧붙였다. "그런데 나는 그 호칭이 마음에 들지 뭐예요. 내가 예쁘고 상냥해서 진정한 숙녀 같대요. 주니어, 앞으로 나를 레이디라고 불러도 좋아. 사실 나도 남들 앞에서 나를 레이디 잭슨이라고 소개할 참이란다. 다들 나를 레이디라고 불러도 좋아요. 누구든 자기가 불리고 싶은 대로 불릴 권리가 있잖아요? 나는 레이디라고 불리고 싶어요."

오빠가 불쑥 끼어들었다. "그럼 저는 베일리라고 불리고 싶어요. 주니어는 싫어요. 이제는 어린애도 아닌데."

잠깐 정적이 흘렀다.

"그럼 앞으로 그렇게 불러주마. 클라이델, 당신은 어때요?"

"나는 계속 클라이델 아빠라고 불러주면 좋겠는데."

포드 파파도 말했다. "저도 계속 포드 파파라고 불러주면 좋겠어요. 그나저나 다들 식탁 앞으로 모셔도 될까요? 이제 저녁 시간이라고 할 만한 때도 됐잖아요."

우리는 다 같이 웃음을 터뜨렸고, 자칫 딱딱해질 수 있었던 시간은 가벼우면서도 진지하게 마무리됐다.

나는 '레이디'를 보며 미소를 지었다. 그녀는 자신의 새로운 호칭을 가족들 앞에서 우아하게 소개했다. 거스르기 힘든 분이었다.

8

나는 수화기를 들고 말했다. "여보세요." 레이디였다. "안녕, 아가. 나 지금 법정 출두 서약을 하고 풀려났어."

그게 무슨 소리인지 알 수 없었지만 좋은 일처럼 들렸다. "잘 됐네요." 어머니는 아빠를 바꿔달라고 했고, 나는 수화기를 넘겼다.

약 두 달 뒤 나는 법정 출두 서약을 하고 풀려난다는 게 무슨 뜻인지 알게 되었다. 어머니는 도박죄로 체포되었다가 보석금 없이 석방된 것이었다.

그로부터 몇 주 뒤 어느 일요일 아침 어머니는 또다시 체포되었는데, 이번에는 보석금을 낸 다음에야 풀려날 수 있었다. 안면 정도만 있던 여자와 함께 교회에 간 게 발단이었다. 예배가 끝난 뒤 두 사람은 슈퍼마켓에 갔다. 어머니는 필요한 물건을 고르고, 친구도 뭔가를 고른 뒤 값을 치렀다. 그들은 슈퍼마켓 밖에 앉아 차를 기다렸다. 그때 친구가 재킷을 열더니 훔친 2파운드짜리 깡통 커피를 보여주었다. 어머니가 말했다. "바보 같으니라고. 다시 갖다놔."

"슬쩍했어. 마시고 싶으면 절반 나눠줄게." 여자가 말했다.

"다시 갖다놓으라고. 안 그러면 내가 직접 처리할 테니." 어머니가 말했다.

"지금 장난해?" 여자가 말했다.

어머니는 그녀에게 주먹을 날렸다. 경찰이 출동했고 둘은 모두 유치장 신세를 졌다. 어머니는 내게 전화하지 않고 보석 보증인이자 친구인 보이드 푸치넬리 씨에게 연락했다.

어머니가 집으로 돌아왔을 때 내가 말했다. "법정 출두 서약을 하고 풀려났으면 좋았을 텐데 보석금을 내서 유감이에요."

"그 정도 가지고 뭘. 내가 유치장을 싫어하는 이유는 시간 낭비이기 때문이야. 무서워서가 아니야. 말이 아니라 사람 있으라고 만든 곳이니까. 하지만 내 목에 칼이 들어와도 허접한 깡통 커피 훔치고 유치장에 가는 일은 없을 거다." 어머니가 말했다.

오빠와 나는 비비언 백스터 식 대도시 생활에 제법 순조롭게 적응했다. 오빠는 나보다 더 적극적인 자세를 보이며 어머니의 생활 속으로 섞여들어갔다. 어머니를 어마어마하게 좋아해서 거의 항상 웃고 우스갯소리를 하며 어머니와 함께 있어 기쁜 마음을 표현했다. 하지만 아칸소에서 보낸 외로운 밤들이 어쩌다 한 번씩 떠오르면 분노가 표출됐다.

그럴 때면 오빠는 성난 목소리로 고함을 지르고, 쾅 소리 나게 문을 닫고 밖으로 나가버렸다. 비비언이 정한 선을 넘으면 스탬스로 돌려 보내질 수 있다는 걸 알았기에 도를 넘지는 않았다. 버려졌던 과거를 잊지 않았음을 가끔 어머니에게 상기시키려는 것이었다.

어머니와 새아버지와 같이 산 지도 몇 개월이 지나 내가 거의 열네 살이 됐을 때의 일이었다. 어머니도 알아차렸다시피 나는 웬만하면 거짓말을 하지 않았다. 도덕심이 대단해서라기보다는 거짓말하다 들켜서 용서를 비는 상황을 용납할 수 없는 자존심 때문이었다. 레이디도 거짓말을 하지 않았는데, 그녀의 설명에 따르면 머리가 너무 나빠서라고 했다.

어머니는 무슨 일이 있어도 진실을 말하기로 결심한 나를 칭찬해주었다. 수천 달러와 술병을 보관한 벽장 열쇠까지 내게 맡길 정도였다. 당시는 제2차세계대전 때라 위스키가 귀하고 비쌌을 뿐 아니라 배급 품목이었다. 그래서 어머니는 항상 술을 돈과 함께 벽장에 넣고 굳게 잠가두었다.

어느 날 아침, 내가 어머니와 어머니의 카지노에서 일하는 대여섯 명의 여직원들과 함께 부엌에 앉아 있을 때였다.

어머니가 딱히 누구에게랄 것도 없이 말했다. "벽장에 둔 술이 자꾸 없어지고 있는데, 열쇠를 가진 사람은 나와 클라이델 아빠 말고는 포드 파파랑 마야뿐이야."

어머니가 나를 보며 물었다. "그러니까 얘야, 네가 위스키를 마시고 있는 거니?" 내가 대답했다. "아뇨, 아니에요."

"알았다." 그러고는 이런저런 이야기를 계속했다. 그런데 내가 자리에서 일어서려고 하자 어머니가 말했다. "그래, 좋아, 우리 딸, 하던 얘기 계속하자. 나는 널 믿는다. 아까 위스키에 대해 아무것도 모른다고 했지?"

"잠깐만요. 위스키에 대해서 아무것도 모른다고 하지는 않았어요. 마시지 않는다고 했지." 내가 말했다.

"이런, 앉거라." 어머니가 말했다. 그래서 나는 다시 자리에 앉았다. 어머니가 물었다. "그럼 어떻게 된 거니?"

"일요일마다 뉴필모어 극장에 조금씩 들고 갔어요." 내가 말했다.

"그게 무슨 소리니?"

"유리병에 조금씩 덜어서 일요일마다 극장에 들고 갔다고요."

"그걸로 뭐하게?"

"아이들한테 줘요. 걔네들한테 잘 보이고 싶어서요." 내가 말했다.

"우리집에 있는 술을 극장으로 들고 나가서 미성년자들한테 나눠준다고? 그게 얼마나 바보 같은 짓인지 모르니? 그게 얼마나 비싼 거며, 그 일로 내가 체포될 수도 있다는 걸 몰라서 그래?"

어머니는 직원들 앞에서 나에게 면박을 주고 있었다.

"레이디, 제발 그렇게 호들갑 떨지 마요. 한 병에 열여섯 잔밖에 안 들어가고, 한 잔에 1달러 25센트밖에 안 하잖아요." 내가 말했다.

어머니는 식탁 너머로 내 뺨을 때리려 했지만 팔이 짧았다. 만약 어머니 의도대로 됐더라면 내 평생 어머니에게 맞은 회수는 세 번으로 기록됐을 것이다. 나는 자리에서 일어섰다. 직원들 앞에서 나를 때리려 했다니 믿을 수가 없었다.

"너, 그게 얼마나 바보 같은 짓인지 몰라서 그래?"

나는 웅얼거리며 2층에 있는 내 방으로 올라갔다. 그러고는 침대에 앉아서 생각했다. 이제 어떻게 하면 좋지? 나는 잘못을 저질렀다. 어머니의 위스키를 훔쳤다가 기껏해야 나보다 몇 살 많은 직원들 앞에서 수모를 당했다. 나는 어머니가 2층으로 올라오길 기다렸지만 어머니는 오지 않았다.

오빠가 집으로 돌아오자 나는 오빠를 내 방으로 불러 내가 무슨 말을 했고 무슨 짓을 저질렀는지 고백했다. 베일리, 나의 도움, 나의 형제, 나의 심장, 나의 천국인 그가 말했다. "바보 같으니라고." 그 말에 눈물이 터져나왔다. 오빠가 말했다. "그게 불법이고, 어머니한테 엄청난 손해를 입히는 짓이고, 미성년자한테 술을 줬다가 어머니가 붙잡혀 갈 수도 있다는 걸 몰랐단 말이야? 너 진짜 바보로구나." 그러고는 나가버렸다.

나는 이제 목놓아 울었다. 그러다 어느 정도 진정이 되자 비비언 백스터 여사에게 사과하기로 마음먹었다.

나는 마음을 추스르고 사람들이 나가는 소리가 들릴 때까지 기다렸다. 어머니의 방문을 두드리니 어머니가 답했다. "들어오렴."

나는 안으로 들어가서 말했다. "드릴 말씀이 있어요." 어머니는 얼음처럼 차가웠다.

"뭔데?"

내가 말했다. "제가 잘못했어요. 죄송해요. 다시는 그런 일 없도록 할게요. 아무 생각 없이 그랬어요. 죄송해요." 어머니는 이글거리는 불 위에 올려놓은 프라이팬 속 얼음처럼 누그러졌다.

"사과를 받아들이마."

그러고는 나를 끌어안았다. 내가 기억하기로 우리 둘 중 누구도 그 이야기를 다시 꺼낸 적은 없었다. 나도 거의 잊고 있었는데 여기에 그 일화를 함께 나누는 까닭은, 모두 옳지 않을 때도 있고 가끔은 가족이나 부모자식 간에도 누가 맞고 틀렸는지 시비를 가릴 수 없을 때도 있기 때문이다. 하지만 이 경우에는 내 잘못이었고, 나의 사과를 받아줄 만큼 마음이 넓었던 비비언 백스터 여사에게 감사할 따름이다.

9

오빠도 그렇고 나도 그렇고 우리는 아버지가 어떤 사람인지 전혀 몰랐다. 어머니는 아버지라면 당연히 아이들에 대해 알아야 한다고 생각했고, 그래서 오빠와 내가 각자 샌디에이고에서 아버지를 만날 수 있도록 준비해놓았다. 오빠가 먼저 만나기로 했다. 오빠는 우리가 캘리포니아로 돌아오고 나서 두번째로 맞이한 여름에 샌디에이고로 갔다. 돌아온 오빠는 좋았느냐는 어머니의 물음에 기분좋은 얼굴로 대답했다.

"집이 깨끗했고, 베일리 아빠는 요리 솜씨가 좋으시더라고요. 두 분 내외가 클래식을 좋아하시고요. 엄청나게 큰 전축으로 바흐랑 베토벤을 시끄럽게 틀었어요."

단둘이 남았을 때 오빠가 내게 말했다. "드디어 다 해치웠다. 이젠 다시 안 해도 돼."

이제 내가 삼 주 동안 아버지를 만나러 갈 차례였다. 그런데 아버지는 어린 아내에게 나와 내 나이에 대해 거짓말을 한 뒤였다. 오빠의 나이도 속였는데, 오빠는 키가 작고 워낙 매력이 넘쳤기에 그녀는 오빠에게 반해버렸다.

로레타 아주머니와 나는 서로 알아볼 수 있게 빨간색 카네이션을 달기로 했다. 그녀가 기차역으로 나를 마중나왔다.

내가 먼저 그녀를 알아봤는데, 그 순간 나는 내 몸이 줄어들었으면 얼마나 좋을까 하는 생각과 함께 왜 거기까지 갔는지 후회가 밀려들었다. 그녀는 어머니처럼 체구가 아담했지만 나이는 어머니의 절반이었다. 갈색과 흰색으로 된 서커* 정장과 갈색과 흰색으로 된 스펙터이터 펌프스** 차림에, 거기에 어울리는 핸드백을 들고 있었다. 그녀는 나를 보더니 카네이션을 거듭 확인했다. 도저히 믿기지 않는다는 표정이었다. 나는 그녀가 헛것을 보는 게 아님을 확인시켜주기 위해 그녀에게 다가갔다. 나는 분명

---

* 물결 모양의 무늬가 있는 면직물.
** 코와 뒤꿈치 부분만 색깔을 다르게 넣은 구두.

베일리 존슨의 딸이었고, 그렇기에 나의 덩치와 평범한 외모에도 불구하고 그녀의 딸이기도 했다.

나는 인사를 건넸다. "안녕하세요, 존슨 부인. 제가 남편 분의 딸 마야예요. 베일리 존슨 씨가 우리 아버지세요. 어떻게 불러드리면 될까요?" 나는 몸집이 그녀의 두 배였고 목소리도 어른스러웠다.

아버지의 이름이 튀어나오자 충격으로 거의 마비 지경이었던 그녀가 정신을 차렸다. 그녀의 마음속에서 쾅하고 빗장 닫히는 소리가 내 귀에 들리는 듯했다. 그녀는 절대 나를 가까운 사이로 인정하지 않을 것이었다.

새어머니가 나를 차에 태우고 향한 곳은 예쁘장하고 아담한 단층집이었다. 그녀는 가는 내내 내게 말 한마디 걸지 않았다. 내가 하는 질문들에 응 아니면 아니, 이렇게 단답형으로 대답하고 그만이었다.

집안으로 들어가자 베일리 1세가 좁은 거실을 가득 채우고 있었다. 그의 아내는 여전히 침묵을 고수하며 소파로 가서 앉았다.

아버지가 내게 말했다. "그러니까 네가 마거릿이로구나. 우리 어머니를 닮았네. 오는 동안 별일 없었고? 어디 보자, 키가 거의 나만하구나." 그의 아내는 그를 올려다보기만 할 뿐 아무 말도 하지 않았다. 그 말은 나에 대한 칭찬이 아니었다. 키 운운하는 아버지의 말에, 내가 그 부분에 대해 사과라도 하길 바라는 건가 하는 생각이 들었다.

그뒤 여름 삼 주 동안 캘리포니아 주 내셔널시티의 베일리 존 슨 1세의 집에서는 관계가 조금도 개선되지 않았다.

아버지와 로레타 아주머니는 매일 아침 같은 시각에 출근했다. 둘 다 나에게 거의 아무 말도 건네지 않았다. 나는 가장 가까운 도서관을 찾았고, 얼마 전 토머스 울프를 알게 됐기에 『그대 다시는 고향에 못 가리』와 『천사여, 고향을 보라』를 읽었다.

어머니가 방학 때 쓰라고 주신 용돈은 신중하게 관리했다. 샌디에이고 동물원은 저렴했고, 낮 시간대 영화표 가격도 나쁘지 않았다.

새어머니에 대해서는 알게 된 게 거의 없었다. 그녀는 흑인들 사이에서 손꼽히는 프레리뷰 A&M 대학교를 졸업했는데, 모교 역사에 대한 졸업생들의 자부심이 하늘을 찌르기로 유명한 학교였다. 우리 아버지는 해군기지에서 근무하는 영양사로, 퇴근할 때 얇게 썬 햄과 칠면조와 볼로냐소시지를 큰 뭉치로 들고 왔다. 그 고기들은 슈퍼마켓에서 파는 것과 비슷해 보였지만 슈퍼마켓에서 쓰는 포장지에 싸여 있지 않았다. 아버지가 직장에서 식료품을 슬쩍한다고 생각하기는 싫었지만, 그런 모양이었다.

나는 어머니에게 두 번 전화를 걸어서 모든 게 다 좋다고 말했다. 어머니는 내 전화 목소리를 잘 알지 못했기 때문에 꼬치꼬치 캐묻지 않았다.

길고 무덥고 지긋지긋했던 샌디에이고의 여름이 거의 끝나가고 있었다. 아버지의 딱딱하고 쌀쌀맞은 집을 어서 빨리 떠나고 싶었다. 어머니가 있고 방마다 웃음소리와 시끄러운 재즈 음악이 넘쳐나는 집으로 돌아가고 싶었다.

남캘리포니아에서 보내는 마지막 주에 아버지가 나를 데리고 멕시코에 다녀오겠다고 선언했다. 로레타 아주머니와 내 반응은 똑같았다. 그녀는 아버지가 나를 데리고 어디 간다는 게 싫었고, 나는 가기 싫었다.

아버지는 나를 태우고 티후아나에서 50킬로미터쯤 가면 나오는 작은 마을로 향했다. 우리는 술집 앞에 차를 세웠다. 아버지가 스페인어를 할 줄 안다는 건 알고 있었지만, 어찌나 유창한지 놀라웠다. 이 년 동안 스페인어를 공부한 입장에서 나보다 훨씬 나은 실력에 살짝 질투가 날 정도였다. 아버지는 나를 차에 둔 채 술집으로 들어갔다. 술집 안으로 들어가 아버지에게 집에 데려다달라고 해야겠다고 마음을 먹었는데, 내가 미처 움직이기도 전에, 아버지가 나와 오빠를 닮은 두 아이를 데리고 있는 한 여자와 함께 나왔다. 그들은 웃으며 스페인어로 내게 인사했다. 아버지는 아이들을 들어올려 끌어안았다.

아버지는 내게 멕시코 가족이 있는 술집 안으로 같이 들어가자고 했고, 칸막이 자리에 앉아 여자와 대화를 나누면서 코가 비뚤어지도록 술을 마셨다. 날이 점점 어두워지고 있었고 나는 몹시 불안해졌다.

아이들 엄마가 아이들을 내보냈고 나는 그녀에게 아버지를 차에 태울 수 있게 도와달라고 했다. 내가 뒷문을 열고, 둘이서 아버지를 뒷자리에 밀어넣었다. 아버지는 비틀거리며 들어가더니 이내 곯아떨어졌다.

나는 운전석에 올라타 여자에게 고맙다고 인사했다. 운전을 배운 적이 한 번도 없었지만, 사람들이 어떤 식으로 수동 기어를 조작하는지 유심히 봐둔 터였다. 클러치를 밟고 기어를 바꾸자 차가 움찔움찔 덜컹덜컹 앞으로 움직였다. 나는 클러치에서 발을 바로 떼면 안 되고 천천히 떼야 한다는 걸 터득했다. 나는 운전을 해서 차를 몰았다.

가끔 시동이 꺼지려고 하면 기다렸다가 잽싸게 클러치를 밟은 다음 다른 쪽 발로 액셀러레이터를 밟고 살금살금 클러치에서 발을 뗐다. 산을 감싼 도로가 계속 이어졌다. 반대 방향에서 차가 달려왔다면 어떻게 했을지 모르겠다. 하지만 그런 차는 한 대도 없었고, 마침내 나는 산을 내려와 국경으로 되돌아갔다.

아까 아버지와 내가 국경을 통과하는 걸 보았던 국경수비대원 하나가 휘파람을 불며 가까이 와서 집적거렸다. 그가 안을 들여다보며 스페인어로 물었다. "술 취한 모양이네?" 나는 '술 취하다'에 해당되는 단어를 몰랐지만, 씩 웃는 그의 표정으로 보아 그가 알아차린 게 분명했다.

"시, 코모 올웨이즈."* 내가 말했다.

나는 국경에서 곧장 아버지 집으로 차를 몰았고 도착하자 차에서 내렸다. 그의 아내는 화가 나 있었다.

어느 정도 정신을 차린 아버지가 비틀비틀 집안으로 걸어가 그녀를 지나쳐서 방으로 들어갔다.

그녀는 아버지에 대한 분노를 나한테 풀었다. "네가 아버지를 취하게 만든 거야. 이 멍청아. 둘 다 어쩌면 그렇게 멍청하니?"

그러더니 이렇게 덧붙였다. "요 추잡한 것 같으니."

나는 그녀더러 무례하다고 말했다. "뭐, 어차피 난 내일이면

---

* 영어와 스페인어를 섞어서 '예, 늘 그렇듯이요'라고 대답한 것이다.

어머니한테 돌아가니까요."

그녀는 발끈 성을 냈다. "지금 당장 가도 돼, 걸레 같은 네 어머니한테."

나는 그녀에게 달려들었다. "우리 어머니를 그딴 식으로 부르지 마!" 그러자 그녀가 손에 들고 있던 재봉 가위로 나를 그었다.

그녀는 허리에 감으라고 내게 수건을 건네더니 아버지를 깨웠다. 술이 덜 깬 아버지는 술냄새를 풍기며 더듬더듬 나를 친구네 집으로 데려갔고, 그 집 식구들이 내 상처 위에 일회용 반창고를 붙여주었다.

아버지가 나를 그 집에 놓고 가자 아버지의 친구는 나와 잠시 어색한 대화를 나누고 잠자리에 들었다. 나는 뜬눈으로 밤을 지새웠다. 다음날 아침 아버지가 조치를 취하러 왔다. 아버지 친구는 출근하고 없었다. 아버지는 "걱정할 것 하나도 없어. 로레타가 널 다치게 하는 일은 두 번 다시 없을 거다" 하고는 그만이었다. 그는 가벼운 사고였다는 듯 미소를 지었고, 나는 아버지가 나를 안으며 "집으로 갈 필요 없다. 내가 너를 보살펴주마" 하는 것도 마음에 들지 않았다. 아버지는 갔지만, 나는 아버지의 말속에서 어떤 위안도 얻을 수 없었다. 아버지가 내가 원하는 방식으로 나를 보살필 리 없다는 걸 나는 알고 있었다.

나는 큼지막한 샌드위치를 싸들고 그 집을 나섰다. 아버지네 집 열쇠가 아직 내게 있었다. 아버지와 그의 부인은 출근하고 없을 터였다. 나는 집안으로 들어가 1박 2일용 여행가방에 옷가지를 챙겼다. 최대한 빨리 그 집에서 나오고 싶었기 때문에 신경써서 옷을 고르지도 않았다.

현관 옆 테이블에 열쇠를 두고 밖으로 나와 쾅 소리 나게 문을 닫았다. 버스 터미널로 가서 가방을 사물함에 넣은 다음 햇살이 비치는 샌디에이고의 길거리로 나섰다. 마음이 설레고 전혀 무섭지 않았다. 내가 어떤 곤경에 처한 건지 알아차리지 못할 만큼 어리다는 방증이었다.

길을 걷다가 오래된 폐품 처리장을 발견했다. 안을 이리저리 둘러보니 깔끔하고 깨끗해서 눈을 붙이기에 맞춤한 폐차가 있었다. 어머니한테 받은 돈이 조금 남아 있어 낮 시간대 영화를 보러 갔다.

어두워지기 시작할 즈음, 나는 폐품 처리장으로 돌아갔다. 이번에는 좀 전보다 더 깔끔하고 깨끗한 차가 있었다. 나는 잠이 들자마자 시끄러운 소리에 깼다. 일어나서 창밖을 내다보니 열다섯 명쯤 되는 아이들이 차를 에워싸고 있었다. 아이들이 물었다. "너 누구야? 어디 가는 길이야? 여기서 뭐해? 여긴 왜 왔어?"

나는 창문을 내리고 집이 없어서 차 안에서 자려는 중이라고 대답했다.

아이들이 말했다. "우리도 여기서 잘 건데." 백인 아이도 있고, 흑인 아이도 있고, 스페인어를 쓰는 아이도 있었다. 모두 여러 가지 이유로 잘 데가 없었다. 그 아이들이 나를 끼워주었다.

나는 비라는 여자아이와 친구가 되었다. 내 인생 최초의 백인 친구였다. 그 아이도 나처럼 겨우 열일곱 살밖에 안 됐지만 훨씬 어른스러웠다. 아이들은 다 같이 일을 했다. 여자아이들에게 주어진 임무는 코카콜라, 세븐업, RC 콜라 병을 주워서 빈병 보증금을 받아오는 것이었다. 남자아이들은 잔디를 깎거나 어른들 심부름을 했다. 어느 빵집에서는 흑인 청소부가 부서진 쿠키와 묵은 빵을 봉투 가득 담아서 주었다. 그러면 슈퍼에서 우유를 사다가 다 같이 즐겁게 나눠 먹었다. 훌륭한 생활 방식이라는 생각이 들었다. 나는 버스 터미널 사물함에 보관해둔 가방을 꺼내왔고, 다른 여자아이들과 함께 빨래방에 가서 옷을 빨았다. 어머니가 내 상처를 보면 누군가에게 대가를 치르게 할 것임을 알았기에 상처가 나을 때까지 그곳에 있고 싶었다.

상처가 낫자 나는 어머니에게 전화를 걸어 집으로 돌아갈 준비가 됐다고 말했다. 기차역으로 표를 보내주면 그 표를 받아서 기차를 타고 가겠다고 했다. 어머니는 내 말대로 했고, 나는 끔찍하고 기이했던 여름에 종말을 고하며 샌프란시스코로 향했다.

10

마침내 샌프란시스코에 도착했을 때 어머니가 말했다. "이미 학기가 시작되긴 했지만 네가 또래에 비해 진도가 한 학기 반 빠르다는 거 알지? 이번 학기에 학교를 쉬고 싶으면 그래도 돼. 하지만 그러려면 일을 해야 한다."

"일을 할게요." 내가 말했다.

"어떤 일을 하고 싶은데?"

"전차 차장이 되고 싶어요." 내가 말했다. 전차에서 거스름돈이 든 조그만 허리띠를 차고 번호표를 단 모자에 몸에 꼭 맞는 유니폼을 입은 여자들을 본 적이 있었다. 그 여자들이 모두 백인이라는 건 신경쓰이지 않았다. 그저 어머니한테 전차 차장이 되고 싶다고 말한 거였다.

"그럼 가서 지원해보렴." 어머니가 말했다.

회사로 찾아갔지만, 어느 누구도 지원서조차 주려 하지 않았다. 나는 집으로 돌아가 어머니에게 그대로 이야기했다. 어머니가 물었다. "왜? 그 사람들이 왜 그랬는지 아니?"

"네. 제가 흑인이라서요." 내가 대답했다.

"그래도 그 일을 하고 싶니?" 어머니가 다시 물었다.

"네." 나는 대답했다.

"그럼 가서 쟁취해라. 식당에서 비싼 음식을 주문하려면 어떻게 해야 하는지 알지? 음식값은 내가 주마. 비서들이 출근하기 전에 사무실로 가. 비서들이 출근하면 따라 들어가서 자리를 잡고 앉아. 네가 읽는 그 두툼한 러시아 책 한 권 들고 가고." 나는 톨스토이와 도스토옙스키를 읽고 있었다.

"그 사람들이 점심 먹으러 가면 너도 점심 먹으러 가. 하지만 그들보다 나중에 가야 한다. 그리고 후딱 먹고 그들보다 먼저 들어가라."

나는 들은 대로 했다.

그것은 내 기억을 통틀어 가장 불쾌하고 끔찍하고 난처했던 경험이었다. 그들 중에는 나와 조지 워싱턴 고등학교를 같이 다닌 아이들도 있었고, 내가 숙제를 도와준 아이들도 몇 명 있었다. 그랬던 아이들이 졸업해서 내가 앉아 있던 그 회사에 취직을 한 것이다. 그들은 내 앞을 지나가면서 웃고 얼굴을 찡그리고 입을 내밀었고, 내 차림새와 머리 모양을 비웃었다. 인종 차별적인 고약한 단어들을 속삭였다.

사흘째가 되자 난 집에 있고 싶었지만, 비비언 백스터 여사를 대면할 자신이 없었다. 내가 어머니 생각만큼 강단 있는 아이가 못 된다고 고백할 자신이 없었다.

이 주를 버티자 한 번도 본 적 없는 남자가 나를 자기 사무실로 불러서 물었다. "철도회사에 취직하고 싶은 이유가 뭐지?"

나는 대답했다. "유니폼도 좋아하고, 사람들도 좋아해서요."

"경력이 어떻게 되지?"

나는 거짓말을 했다. "아칸소 주 스탬스에서 애니 헨더슨 부인의 기사로 일한 적이 있어요." 우리 할머니는 기사가 모는 자가용은커녕 자동차를 타본 적도 거의 없었다.

하지만 나는 일자리를 얻었고 신문에 이런 기사가 실렸다. "마야 존슨, 미국 흑인 최초로 철도회사에 취직하다."

유감스럽게도 나중에 한 남자가 신문사를 찾아가 흑인 최초로 철도회사에 취직한 주인공은 내가 아니라 이십 년 동안 근무한 자신이라고 했다. 백인인 척해왔다는 것이다. 그리고 그는 해고되었다. 회사측에서는 그가 애초에 지원했을 때 거짓말을 했기 때문이라고 해명했다.

나는 일자리를 얻었고, 살인적인 분할 근무 시간을 배정받았다. 오전 네시부터 여덟시까지 근무하고, 다시 오후 한시부터 다섯시까지 근무하는 식이었다. 전차 차고지가 멀리 해변 근처였기 때문에 오전 네시까지 거기로 출근할 방법을 찾아야 했다.

어머니가 말했다. "걱정 마라. 내가 태워다줄 테니까."

첫째 날, 유니폼이 배달됐고 나한테 잘 맞았다. 나는 어른이 된 것 같았다. 욕조에 물을 받아놓고 나를 깨운 어머니는 유니폼을 입은 내 모습을 칭찬했다. 우리 둘은 차에 올랐고 어머니가 해변으로 차를 몰았다. 나는 고맙다는 인사와 함께 말했다. "이제 가세요. 조심하시고요." 어머니가 대꾸했다. "나는 우리 둘을 같이 책임질 참이다." 그때 나는 좌석 위에 놓여 있는 권총을 난생처음 보았다. 어머니는 첫번째 신호등까지 전차를 따라가다 경적을 울리고 내게 손키스를 날린 다음 방향을 돌려 집으로 돌아가겠다고 했다.

내가 전차에서 근무한 몇 달 동안 어머니의 일과는 변함없었다. 학교로 복귀할 시점이 됐을 때 나는 일을 그만두었다.

어머니가 부엌에서 커피 한잔 같이 마시자고 했다.

"그래, 너도 일을 했고 나도 일을 했구나. 너는 전차 차장이었고 나는 날마다 동이 들 때까지 너를 지키는 보디가드였어. 이번 경험에서 어떤 교훈을 얻었니?" 어머니가 말했다.

"레이디만큼 나를 잘 지켜줄 사람은 없을 거라는 교훈을 얻었어요." 나는 대답했다.

"너에 대해서는 어떤 걸 알게 됐어?" 어머니가 물었다.

"내가 일하는 걸 두려워하지 않는 사람이라는 것, 그런 자세만 있으면 된다는 거요."

"아냐. 넌 너에게 힘이 있다는 걸 알게 된 거야. 능력과 의지 말이야. 사랑한다. 네가 자랑스럽구나. 그 두 가지만 있으면 넌 어디든 갈 수 있어." 어머니가 말했다.

11

내가 열다섯 살이 되었을 때 오빠와 함께라면 밤 열한시까지 밖에 있어도 된다는 허락이 떨어졌다. 어머니는 오빠라면 나를 가르칠 수 있을 뿐 아니라 내 옆 혹은 내 주변 친구들에게 무엇은 되고 무엇은 안 되는지 가르칠 수 있다는 걸 알았다.

부커 T. 워싱턴 센터에 모인 십대들은 가만히 있지 못했다. 어느 날 관리자들이 우리의 댄스파티를 불허한 적이 있었다. 댄스파티는 일주일에 한 번만 할 수 있는데, 그 전날 밤에 댄스파티가 열렸기 때문이었다.

누군가가 우리 머리 위로 고함을 질렀다. "미션 지구에 타말리* 먹으러 가자!"

또다른 누군가가 외쳤다. "미션 지구에 가서 타코랑 타말리 수십 개를 해방시키자!" 여기저기서 왁자하게 좋다는 대답이 터져나왔고, 나도 덩달아 휩쓸려갔다. 필모어 지구를 벗어난 다음에야 나는 곁에 오빠가 없다는 걸 알아차렸다. 그날 저녁 오빠는 나랑 같이 센터에 가지 않은 것이었다.

어떻게 해야 하는지 알았지만, 이제 그만 집에 가겠다는 말을 꺼낼 수가 없었다. 우리는 전차를 타고 주민 대부분이 멕시코 출신인 미션 지구로 향했다. 술집에서 향긋한 냄새가 풍겼고, 마리아치 밴드**들의 연주 소리가 우리를 불렀다. 우리는 길거리에서 춤을 췄다. 남자아이들과 여자아이들은 시시덕거리다가 타말리와 타코를 좀더 주문했다. 다들 스페인어를 조금 할 줄 알았지만 실제보다 더 잘하는 척했다. 그리고 누군가가 한시가 되었다고 알렸다.

나는 시간이 그만큼 흘렀다는 데 할말을 잃었다. 다시 말을 할수 있게 되었을 때 내가 말했다. "집에 그만 가봐야겠어."

여기저기서 놀란 목소리가 들렸다.

---

* 으깬 옥수수와 간 고기를 옥수수 껍질에 싸서 찐 멕시코 요리.
** 멕시코 전통음악을 연주하는 소규모 악단을 이르는 말.

"맙소사, 시간이 벌써 이렇게 되다니."

"난 죽었다."

"어휴, 이번엔 뭐라고 둘러대지?"

돈을 세보았지만, 모두 안전하게 집으로 돌아갈 수 있을 만한 액수가 못 됐다. 나는 여자아이 두 명, 남자아이 한 명과 함께 미션 지구에서 집이 있는 필모어 지구를 향해 걷기 시작했다.

먼 길이었고 처음에는 우리 모두 전전긍긍했지만 집에 가까워지자 기운이 나기 시작했다. 얼마나 우스꽝스러운 상황인지 그제야 실감이 났다. 먹고 싶지도 않았던 타코와 타말리 때문에 곤경에 처하다니 웃음이 나왔다. 타말리와 타코 때문에 규칙을 어기다니.

나는 친구들과 헤어져 집까지 남은 마지막 블록을 최대한 빠른 걸음으로 걸었다. 그때까지도 기분이 좋아서 프렌치 도어까지 대리석 계단 두 개를 달려올라갔다. 구멍에 열쇠를 넣고 문을 앞으로 미는데, 문뒤에서 누군가가 엄청난 기세로 문을 내 쪽으로 밀어젖혔다.

어머니가 층계참에 모습을 드러냈다. 손에 열쇠 꾸러미를 쥐고 있었다. 어머니가 "이런 망할!"이라고 외치며 내 얼굴을 향해 그 주먹을 날렸다.

나는 비명을 질렀고, 어머니는 내 외투자락을 잡고 날 집안으로 끌고 들어갔다. 그러면서 나와 벽과 창문을 향해 고함을 지르고 욕을 퍼부었다.

"도대체 어디 있었던 거야? 심지어 몸 파는 계집들도 잠을 잘 시간인데. 열다섯 살 먹은 내 딸이 이런 시간에 길거리를 쏘다니다니."

입속으로 스며드는 피맛이 느껴졌다. 어머니는 계속 고함을 질렀고, 여기저기서 문 열리는 소리와 말소리가 들렸다.

"레이디, 괜찮은 거예요?"

새아버지가 물었다. "무슨 일이오? 내가 지금 나가리다."

포드 파파가 면 가운 차림으로 발을 질질 끌며 현관으로 내려왔다. "뭐예요? 무슨 일이에요, 비비언?"

결정적 순간에 그는 관리인 겸 요리사 겸 하인에서 레이디의 아버지 혹은 조카를 애지중지하는 삼촌으로 변신했다. 그가 내게 물었다. "도대체 어디 있었던 거냐?"

나는 목놓아 우느라 아무 대답도 할 수가 없었다.

똑같이 가운을 입은 오빠가 똑같이 침착한 모습으로 갑자기 나타났다. 오빠는 내 얼굴을 보고 어머니의 장황한 비난의 말을 듣더니 권위가 실린 목소리로 말했다. "자, 마야. 2층으로 올라

가. 내가 수건을 가져다줄게. 네 방으로 가."

나는 오빠를 따라 계단을 올라가 내 방으로 향했다. 침대에 앉아 있는데 오빠가 한 손에는 비눗물을 적신 따뜻한 수건을, 다른 손에는 보송보송하게 마른 수건을 들고 들어왔다. 오빠가 말했다. "아무 말도 하지 마. 진정하고 얼굴 닦아. 나는 내 방으로 돌아갈게. 아무 걱정 말고. 어떻게 하면 좋을지 내가 방법을 생각할 테니까."

나는 듬직한 오빠가 나섰다는 생각에 얼굴을 닦고 어찌어찌 마음을 추스를 수 있었다. 열다섯 살인 내 키가 183센티미터이고 열일곱 살인 오빠의 키가 165센티미터인 아이러니한 상황은 알아차리지 못한 채.

다음날 아침이 되자 나는 거울 속 내 모습을 보고 충격에 휩싸였다. 두 눈이 시커멓게 멍들고 입은 퉁퉁 부어 있었다. 다시 울음을 터뜨렸을 때 오빠가 여행가방과 함께 등장했다.

오빠가 말했다. "얼굴이 끔찍하구나. 정말 속상하다, 마야. 가자." 오빠는 나를 욕실에서 내 방으로 데리고 갔다.

"속옷 두 벌, 치마 두 벌, 스웨터 두 벌 챙겨. 이 집에서 나갈 거야."

내가 옷을 꺼내고 개서 가방 안에 넣자 오빠가 가방을 닫았다.

"어디로 갈 건데?"

"아직은 모르겠어. 아무튼 멀리 갈 거야."

나는 오빠를 따라 계단을 내려갔다. 다 내려가보니 어머니가 두 손을 허리에 집고 서 있었다.

"도대체 어딜 가겠다는 거냐?"

오빠가 뭐라고 대답하기도 전에 고개를 든 어머니가 나를 봤다. 그러더니 비명을 지르며 쓰러질 것처럼 휘청거렸다.

어머니가 외쳤다. "아가, 오, 우리 아가! 이리 오렴! 정말 미안해!"

오빠가 어머니를 똑바로 쳐다봤다. "이 집에서 나갈 거예요. 내 동생한테는 아무도, 아무도 손 못 대요." 그러고는 내 손을 잡았다.

"아가, 정말 미안하다. 정말 미안해." 어머니가 말했다.

"마야, 가자!" 오빠가 말했다.

어머니가 오빠를 돌아보며 애원했다. "제발 한 번만 기회를 주렴. 부탁이다. 부엌으로 가자. 한 번만 기회를 다오."

어머니를 따라 부엌으로 들어가보니 새아버지와 포드 파파가 커피를 마시고 있었다. 둘 다 나를 쳐다보는데, 충격을 받은 표정이 역력했다.

어머니가 말했다. "식당이나 거실로 자리 좀 비켜줄래요? 내가 아이들과 할 얘기가 있는데."

따뜻하고 좋은 냄새가 나는 부엌에 우리 셋이 남았다. 어머니가 선반에 걸려 있던 행주를 꺼내 바닥에 펼쳤다. 그러더니 나와 오빠더러 식탁 의자에 앉으라고 했다. 비비언 백스터 여사는 무릎을 꿇고 하느님에게 용서를 구하는 기도를 드리고는 똑같이 떨리는 목소리로 내게 용서를 빌었다.

"내가 미쳤다. 제정신이 아니었어. 네가 일곱 살이었을 때 그 자식이 너한테 무슨 짓을 저질렀는지 갑자기 떠올랐어. 또다른 누군가가 너를 끌고 가 욕보이고 심지어 죽일 수도 있다는 생각에 견딜 수가 없었다. 내가 아무도 없는 네 방에서 막 나와 계단을 내려오는데, 네가 웃는 얼굴로 문을 열고 있지 뭐니. 손에 쥐고 있던 열쇠가 최소한 스무 개는 됐을 텐데, 아무 생각 없이 널 때리고 말았구나."

어머니는 오빠 쪽으로 고개를 돌렸다. "네 동생을 다치게 할 생각은 없었다. 너한테도 용서를 비마." 그러고는 어찌나 애처롭게 흐느끼던지 의자에 앉아 있던 오빠와 나도 바닥으로 내려가 어머니를 같이 부둥켜안았다.

아무리 일으켜세우려고 해도 어머니가 거부해서 오빠와 나는

2층 우리 방으로 올라갔다. 오빠가 말했다. "어머니는 강한 분이
야. 정말 강한 분이야."

"클라이델 아빠와 포드 파파 앞에서 무릎을 꿇고 사과했더라
면 좋았을 텐데."

"아니, 그렇게는 못하지. 그러면 두 사람을 쥐락펴락했던 권
위가 사라질 테니까."

"우리를 쥐락펴락했던 권위는 우리가 빼앗은 거네?"

"아니, 우리가 빼앗은 게 아니야. 어머니가 내주신 거지."

12

오빠가 내 방문을 두드렸다. 오빠의 표정을 본 순간 나는 아마겟돈*이 들이닥쳤음을 알 수 있었다. "무슨 일이야?" 내가 물었다.

오빠는 나를 옆으로 밀치고 안으로 들어왔다. "나, 떠나. 육군이나 해군에 입대할 거야." 오빠는 울고 난 얼굴이었다. "나이가 됐잖아. 열일곱 살이니까."

"왜? 다음달이면 졸업하는데! 왜?"

"그때까지 기다리지 않을 거야."

---

* 성서에서 종말의 순간에 펼쳐진다는 선과 악의 대결.

"레이디가 무슨 짓이라도 한 거야?"

"할머니 곁으로 돌아갔어야 했어. 할머니한테는 내가 필요한데." 오빠가 말했다.

"레이디한테도 오빠가 필요해. 레이디는 오빠라면 끔찍이 생각하잖아. 어떤 눈빛으로 오빠를 보는지 오빠도 봤어야 하는데." 내가 말했다.

"어머니한테는 클라이델 아빠도 있고 포드 파파도 있고 너도 있고 그리고…… 그리고…… 너, 그 버디라는 남자 알지?"

버디는 우리집에 자주 놀러와 종종 대화를 주도하고, 우스갯소리를 늘어놓고, 우리 지역 정치인들을 가지고 농담을 하는 손님이었다. 레이디와 클라이델 아빠, 둘 다 버디를 재미있어했다.

"버디가 뭐…… 왜?"

"어머니가 그 사람을 어떤 눈으로 보는지 못 봤어?" 오빠가 물었다.

"응, 못 봤어." 내가 대답했다.

"나는 봤어. 두 사람이 어느 모텔에서 몰래 그 짓을 한대도 놀랍지 않아."

"오빠, 부끄러운 줄 알아. 우리 어머니가 바람을 피우고 있다고 생각하는 거야?" 내가 말했다.

"나는 어머니가 충분히 그럴 수 있다고 생각해. 우릴 남한테 떠넘긴 사람이잖아, 안 그래? 자기 자식들을 버린 사람이라고. 그런데 바람이라고 못 피우겠어?"

"오빠, 똑바로 얘기해봐. 확실히 본 게 있는 거야?"

"아니, 그건 아니야. 그 사람을 보던 어머니의 표정 말고는 없어."

"나는 못 믿겠어. 이제 진심으로 레이디가 좋아지기 시작했는데, 클라이델 아빠를 배신할지 모른다고 생각하긴 싫어."

오빠는 내 방문을 열더니 거의 비웃음에 가까운 표정을 지으며 나를 돌아보았다.

"남자라야 이해할 수 있는 문제인데 넌 계집애니까." 그러고는 방문을 쾅 닫으며 나갔다.

나는 뭘 어쩌면 좋을지 알 수 없었다. 오빠를 고자질할 수는 없었다. 입대하지 말라고 설득하는 게 최선이었다. 나는 방으로 오빠를 찾아갔지만, 문을 두드려도 대답이 없었다. 오빠는 한 달 정도 나를 피했다. 그러더니 어느 날 저녁식사 자리에서 말했다. "발표할 게 있어요!"

오빠는 식탁 위로 서류 몇 장을 내려놓았다.

"상선 승무원에 지원했어요. 시험이랑 신체검사 통과했고요.

조만간 배를 타고 떠날 거예요."

어머니가 서류를 향해 손을 뻗었지만 오빠는 도로 낚아챘다.

어머니가 말했다. "안 된다. 보내지 않을 거야."

"이미 지원했는걸요. 저도 성인이라고요. 어쨌든 엎질러진 물이에요. 선서를 했으니까."

어머니는 의자에 털썩 몸을 묻었다. "왜? 몇 주 뒤면 학교를 졸업하잖니. 졸업식 때 입으려고 옷도 새로 샀는데."

베일리가 말했다. "늘 그랬듯이 이번에도 어머니는 어머니 생각밖에 안 하시는군요."

"하지만 왜? 왜? 마야, 너는 아니?" 어머니가 말했다.

오빠가 나를 보며 말했다. "마야는 모르는 일이에요. 저만 알죠. 어머니는 열심히 고민해보세요. 아니면 버디 아저씨하고 제 문제에 대해 얘기해보시든지."

어머니는 깜짝 놀랐다. "나한테 화났니? 왜? 내가 너한테 무슨 짓을 했다고? 버디가 네가 선원이 되는 거랑 무슨 상관이야?"

오빠는 경멸하는 눈빛으로 어머니를 보았다. 나는 어머니와 오빠가 안쓰러웠다.

오빠는 몇 주 뒤 떠났다. 어머니와 나는 오빠를 몹시 그리워했지만, 그의 부재를 언급하면 가슴이 찢어질 듯 아팠기 때문에 한 번도 입 밖으로 꺼내지 않았다.

어머니는 몇 달 여행할 짐을 싸기 시작했다. 클라이델 아빠와 공동 소유한 여러 도박장을 살피러 알래스카의 놈*으로 가기 위해서였다.

---

* 미국 알래스카 주 서부에 있는 항구도시.

13

나는 다른 여학생들과 발육이 다른 게 고민이었다. 내게는 젖
가슴이, 풍만한 젖가슴이 없었다. 가슴에 작은 무언가가 달려 있
기는 했지만 제대로 된 거라고 볼 수 없었다. 엉덩이는 납작했
고, 다리는 너무 가늘고 길었다. 목소리는 너무 저음이었다. 그
런 고민들뿐 아니라, 이러다 내가 레즈비언이 될지도 모르겠다
는 생각마저 들었다. 작가가 레즈비언이라는 소문이 있는 『고독
의 우물』이라는 책을 읽은 적이 있었다. 그녀는 몹시 불행했고,
마찬가지로 레즈비언인 그녀의 친구들 역시 비참하게 살았다.
나는 남들보다 발육이 늦다보니 나중에 어른이 되면 레즈비언이
되어 불행하게 살게 되는 건 아닐까 하는 생각이 들었다. 그건

정말 싫었다.

　그런데 모든 남자아이들이 예쁜 여자아이만 찾는 건 아니었다. 나와 사랑을 나누고 싶어하거나 하다못해 섹스를 하고 싶다고 공공연히 밝히는 남자아이들이 몇 명 있었다. 그 아이들은 기껏해야 어린애들이었기 때문에 간단히 무시할 수 있었다. 하지만 우리 옆 블록에 사는 베이브는 달랐다. 그는 열아홉 살의 아주 잘생긴 남자여서 나는 그를 향한 현기증 나는 열병을 앓았다. 그의 품에 안기면 어떤 기분일지 몇 주 동안 상상의 나래를 펼쳤다. 그는 평소 인사가 이랬다. "안녕 마야, 언제면 그 길쭉하고 늘씬한 몸뚱이를 나한테 줄래?"

　하루는 내가 그의 앞을 지나가다 자연스럽게 발걸음을 멈추고, 그가 뭐라고 말을 꺼내기 전에 먼저 물었다. "안녕 베이브. 아직도 이 길쭉하고 늘씬한 몸뚱이를 원해?" 그는 하마터면 물고 있던 이쑤시개를 떨어뜨릴 뻔했다.

　하지만 얼른 정신을 차렸다. "물론이지. 가자." 그에게는 마음대로 쓸 수 있는 친구네 집이 있었다. 그는 내가 왜 기꺼이 따라나섰는지 묻지 않았다. 사실은 널찍하고 전형적인 샌프란시스코 주택이 있는 곳으로 몇 블록을 걸어가는 동안 우리 둘 다 아무 말도 하지 않았다. 그가 열쇠를 꺼내 문을 열었다. 침실로 들어섰을 때 입맞춤도, 전희도 없었다. 애무도, 속삭임도 없었다. 아무것도 없었다. "바지 벗어." 그러고는 곧장 침대로 직행했다.

일곱 살에 성폭행을 당했을 때 나는 범인의 은밀한 부위를 보았다. 오빠는 자기 알몸을 내게 보이지 않으려 극도로 조심했기 때문에 나는 성폭행범 말고는 어떤 남자의 알몸도 본 적이 없었다. 그날 저녁 베이브의 은밀한 부위를 언뜻 보았을 때 나는 당황스러웠다. 그렇게 대담하게 군 게 후회가 됐다.

나는 결국 베일리 오빠한테 털어놓을 게 뻔했다. 그러면 오빠는 분명 나더러 또다시 멍청한 짓을 저질렀다고 할 것이었다.

베이브가 크게 소리를 지르더니 똑바로 누웠다. 나는 그제야 우리의 섹스가 끝났음을 알아차렸다. 주섬주섬 몸을 일으키는 그에게 내가 물었다. "이걸로 끝이야?"

그가 말했다. "응."

나는 옷을 입었다. 섹스를 했는데도 내가 정상이고 레즈비언이 아니라는 확신이 서지 않아 실망스러웠다. 우리는 그 집을 나섰다. 오빠와 이 사건에 대해 의논하고 싶었지만, 상선을 타고 나간 오빠는 몇 달 뒤에나 샌프란시스코로 돌아올 예정이었다.

두 달이 지났을 때 나는 임신했다는 걸 알았다. 베이브에게 전화를 걸어 우리집으로 불렀다. 아기가 생겼다고 알리자 그는 네 살배기처럼 우는소리를 했다. "나는 그애 아빠 아니야. 그런 거 짓말 하지 마. 나한테 거짓말하지 마."

그래서 나는 말했다. "가도 좋아." 어렸을 때 나는 마음만 먹으면 아주 고압적인 분위기를 낼 수 있었다. "이 집에서 나가도록 해. 뒷문으로 나가."

나는 샌프란시스코로 돌아온 어머니가 다시 알래스카로 떠날 때까지 임신 소식을 알리지 않았다. 학교를 그만 다니라고 할까 봐 겁이 났다. 하지만 상선에서 휴가를 받아 집으로 돌아온 오빠한테는 아기를 가졌다고 말했다. 오빠는 경고했다. "어머니한테는 말하지 마. 그럼 학교 그만 다니라고 할 테니까. 지금 고등학교를 졸업해야 해. 안 그러면 두 번 다시 학교로 못 돌아가. 고등학교 졸업장은 받아놓아야 해."

어머니는 일을 처리하러 알래스카를 계속 왔다갔다하느라 내 몸이 만삭을 향해 점점 불어가는 과정을 보지 못했다.

집에 남은 새아버지는 뭔가 달라진 걸 알아차렸지만, 그게 어떤 의미인지 몰랐다. "젊은 아가씨처럼 보이기 시작하는 걸 보니 너도 이제 다 컸구나"라는 말이 다였다.

나는 생각했다. 당연하죠, 이제 임신 구 개월도 넘었으니까요.

집안을 청소하고 요리를 하는 포드 파파는 전혀 알아차리지 못했다.

여름 내내 학교를 가다 말다 했지만—가끔 속이 너무 메슥거려서 전차를 타고 가다 중간에 내려야 했다—그래도 미션 고등학교의 여름학기 3학년 과정을 마쳤다.

클라이델 아빠의 생일과 전승기념일이 내 졸업식 날짜와 맞아떨어졌다. 아버지는 나를 데리고 나가서 자축의 저녁식사를 하며 딸이 고등학교를 졸업하다니 자랑스럽다고 했다. 그러면서 자기는 초등학교 3학년까지 다닌 게 전부라고 다시 한번 내게 상기시켰다. 집으로 돌아왔을 때 나는 2층 내 방으로 올라가서 쪽지를 썼다.

"아빠, 우리 가족에 이렇게 불순한 오점을 남겨서 죄송해요. 저 임신했어요." 나는 아버지의 베개 밑에 쪽지를 넣었다.

도무지 잠이 오지 않았다. 나는 아버지의 발소리가 들릴 때까지 기다렸다. 어떻게 하실까? 나한테 욕을 퍼부을지도 몰라. 그건 아니다, 욕이라고는 한 번도 한 적 없는 분인데. 새벽 네시쯤 됐을 때 아버지가 집으로 들어오는 소리가 들렸다. 나는 아버지가 분명 그 편지를 읽고 쿵쾅거리며 2층으로 올라올 거라고 생각했다. 그런데 아무 소리도 들리지 않았다. 나는 목욕을 한 뒤

잠을 자려는 노력을 그만두고 침대 가에 걸터앉았다. 그날 아침 아홉시, 아버지가 1층에서 나를 불렀다.

"마야, 내려오렴. 내려와서 나랑 커피 한잔 하자. 쪽지는 봤다." 나는 옷을 갈아입은 상태였고 불안했다. 아버지는 부엌 식탁에 앉아 있었고 평소와 다름없는 목소리였다. "얘야, 쪽지 봤다. 음, 얼마나 된 거니?"

나는 숨을 참았다가 출산 예정일까지 삼 주 정도 남았다고 말했다.

"그래, 너희 엄마한테 연락하마. 엄마가 알아서 처리할 테니 걱정 마. 그런 몸으로 이리저리 뛰어다니면 안 되는 거 아니냐? 보아하니 잠을 설친 것 같은데. 다시 가서 누우렴."

나는 놀라워하는 한편 안도하며 내 방으로 돌아갔다.

다음날 어머니가 놈에서 날아왔다. 어머니가 어쩔 작정인지 나로서는 짐작도 할 수 없었다. 어머니가 어떤 표정으로 나를 볼지 상상해보았다. 나는 키가 183센티미터에 달하는 만삭의 산모였고 죄책감이 드는 동시에 겁이 났다. 어머니는 164센티미터의 키에 상당한 미인이었다. 집안으로 들어선 어머니가 나를 보더니 이렇게 말했다. "어머나, 임신 삼 주보단 더 돼 보이는데?"

"네. 출산 예정일이 삼 주 남았어요." 내가 말했다.

잘못 알아들은 클라이델 아빠가 전화로 어머니에게 내가 임신 삼 주가 됐으니 집에 오는 게 좋겠다고 말했던 것이다. 어머니를 바라보는데, 뭐라고 말하면 좋을지 한마디도 생각이 나지 않았다.

"이제 괜찮아, 아가. 가서 나 대신 목욕물 좀 받아주렴." 우리 가족은 왠지 몰라도 남을 위해 목욕물을 받고 거기다 거품과 좋은 향을 풀어놓는 것을 영광으로 생각한다.

그래서 내가 목욕물을 받아놓았는데, 욕실 안으로 들어간 어머니가 나를 불렀다. "들어와서 내 옆에 앉아라."

나는 화장실 의자에 앉았다.

"담배 피우니?"

"네. 그런데 지금은 없어요."

"뭐 피우는데?" 어머니가 물었다.

"폴몰이요."

어머니가 말했다. "그렇구나. 난 럭키 스트라이크 피우는데, 내 것 피울래?" 내가 담배에 불을 붙이자 어머니가 물었다. "아이 아빠가 누군지는 아니?"

"네. 딱 한 번 했는데 이렇게 됐어요."

"그애를 사랑하니?"

"아뇨." 나는 대답했다.

"그애는 너를 사랑하니?"

"아뇨." 내가 대답했다.

"그럼 됐다. 세 사람 인생 망칠 필요는 없지. 우리, 그러니까 너하고 나에게, 그리고 우리 가족에게 예쁜 아기가 생기겠구나. 그렇게 생각하면 돼. 고맙다, 우리 딸. 이제 나가보렴."

욕실에서 나오는데 안도의 눈물이 내 얼굴을 적셨다. 어머니는 나를 미워하지 않았고, 내가 나 자신을 미워하게 만들지도 않았다. 예전처럼 나를 존중했다. 나와 내 아이를 아꼈다. 내게 말을 걸어주었다.

어머니는 삼 주 동안 집에 머물면서 내게 말을 건네고, 아이와 임신과 출산에 얽힌 우리 집안의 이야기를 들려주었다. 내가 태어나던 날 밤에 대해서도 들려주었다. 얼마나 오랫동안 진통을 했는지, 아무도 비명소리를 듣지 못하게 수건으로 어떻게 입안을 틀어막았는지 이야기해주었다.

진통이 시작되자 나는 어머니가 싸놓은 병원 가방을 들고 어머니 방문을 두드렸다. 이제 병원에 가야겠다는 내 말을 듣더니 어머니는 웃으며 말했다. "아니야, 우리 딸. 몇 시간 더 기다려야 해. 처음에는 진통이 천천히 오다가 점점 빨라질 거야. 걱정 마.

내가 제때 병원으로 데려다줄 테니까."

어머니는 나를 방안으로 들여 목욕을 시켜주었다. 그런 다음 자기 침대에 나를 눕히고 출산에 대비해 면도를 해주었다.

비비언 백스터 여사는 국가 공인 간호사이기도 했다. 집에서 삼 주를 지내는 동안 어머니는 자신의 주치의인 루빈스타인 씨에게 나를 두 번 데리고 갔고, 그가 내 출산 예정일을 계산했다. 어머니가 그에게 전화해 메시지를 남긴 뒤 나를 데리고 병원으로 향했다.

도착해보니 문에 달린 유리창 너머로 두 명의 간호사가 보였다. 어머니가 말했다. "몸집이 큰 여자는 성격이 아주 쾌활할 테고 아담한 여자는 아주 심술궂을 거야. 50센트 내기해도 좋아."

두 여자가 문을 열었고, 뚱뚱한 여자가 외쳤다. "어서 오세요! 기다리고 있었어요. 안으로 데리고 들어오세요."

아담한 여자는 시큰둥한 목소리로 "좀더 일찍 오실 줄 알았는데"라고 했다. 꼭 어머니가 전부터 두 사람을 알기라도 한 것 같았다.

어머니는 그들에게 자신이 자격증 있는 간호사라고 밝히고, 어느 병원에서 근무했는지 말했다. 그러고는 나를 분만실로 데려갔다. 진통이 점점 빨라지는데 의사가 도착하질 않았다.

어머니가 간호사 한 명을 불러서 이미 면도를 마쳤다고 알린
뒤 나를 다시 한번 씻겼다. 그런 다음 내가 누워 있는 분만대로
올라와 무릎을 꿇고는 내 한쪽 다리를 어머니의 어깨 위에 올리
고 내 양손을 잡았다. 그런 채로 야한 이야기와 재미있는 이야기
들을 들려주었다. 내가 웃음을 터뜨릴 수 있도록 진통에 맞춰서
하이라이트를 공개했다. 어머니는 나를 계속 응원했다. "바로
그거야. 힘줘, 힘줘." 나는 힘을 주었고 아이가 나오기 시작하자
어머니가 말했다. "이제 나온다. 머리가 까만색이야."

나는 속으로 중얼거렸다. 그럼 무슨 색일 거라고 생각하셨어
요?

간호사가 아이를 씻겼고 어머니가 말했다. "이것 좀 봐. 눈부
시게 잘생긴 아들이야. 그래, 아가, 됐다. 이제 자도 돼."

어머니는 내게 입을 맞추고 떠났다. 나중에 새아버지가 말하
길 집으로 돌아온 어머니가 어찌나 기진맥진해 있던지 쌍둥이를
낳은 사람 같아 보였다고 했다.

어머니 생각을 해보니 정말이지 놀라운 분이었다. 어머니는
나를 집안에 먹칠한 아이로 생각하지 않았다. 계획하고 낳은 아
이가 아니었고 나는 학업 계획을 다시 세워야 했지만, 비비언 백
스터 여사에게는 그런 게 인생이었다. 미혼모가 된 게 잘못은 아

니었다. 조금 불편하게 됐을 뿐.

나는 아들이 생후 이 개월이 됐을 때 일을 구했다. 그리고 어머니를 찾아가 말했다. "어머니, 저 이사해요."

"내 집에서 나간다고?" 어머니는 온갖 편의가 갖추어진 훌륭한 집에서 내가 나가려고 한다는 데 충격을 받았다.

내가 말했다. "네, 일자리가 생겼거든요. 복도 끝에 취사 시설이 딸린 방을 찾았는데, 집주인이 아이를 봐주겠대요."

어머니는 연민과 자랑스러움이 반씩 섞인 눈빛으로 나를 바라보았다. "그래, 가거라. 하지만 이거 하나는 명심해. 우리집 대문을 나서는 순간부터 너는 자유의 몸이 되는 거야. 아칸소에서 헨더슨 할머니에게 배운 것과 나한테 배운 것이 있으니 옳고 그른걸 판단할 수 있겠지. 옳은 일을 해라. 남의 유혹에 넘어가서 지금까지 배운 것들을 잊으면 안 돼. 사랑하는 관계 안에서나 친구들 사이에서, 또 사회생활이나 직장생활을 하다보면 맞춰나가야겠지만, 남한테 휘둘려서 네 생각을 바꾸면 안 된다. 그리고 기억하렴. 넌 언제든 집으로 돌아올 수 있다는 걸."

내 방으로 돌아가는데, 내가 한 말들이 머릿속에서 메아리쳤다. 내가 레이디를 "어머니"라고 불렀던 것이다. 어머니도 내가 그랬다는 걸 알아차렸지만, 우리 둘 다 그 일을 언급하지 않았다. 나는 아들을 낳은 뒤 단둘이 지내기로 결정하고 집을 구하면서 비비언 백스터 여사를 내 어머니로 받아들인 것이다. 어쩌다 한 번씩 습관적으로 '레이디'라고 부를 때도 있었지만, 나에 대한 보살핌과 내 아이에 대한 사랑을 감안했을 때 그녀는 어머니라고 불려 마땅한 분이었다. 이사하던 날, 어머니는 자신이 내 편이라는 사실을 알려줌으로써 나를 해방시켰다. 나는 자라면서 어머니와 점점 가까워졌다는 것을, 그리고 어머니가 나를 해방시켰다는 것을 깨달았다. 어머니는 내가 밑바닥 중에서도 밑바닥으로 간주됐을 사회로부터 나를 해방시켰다. 나를 삶으로 해방시켰다. 그때부터 지금까지 나는 인생의 옷자락을 붙잡고 이렇게 중얼거리면서 살고 있다. "이봐, 내가 옆에 있어."

나 그리고 엄마

14

독립은 독주와도 같아서 너무 어릴 때 마시면 머리 속에서 덜 익은 포도주를 마셨을 때와 비슷한 증상이 나타난다. 이때 맛이 없다는 건 그리 중요한 문제가 아니다. 중독성이 강해 한 모금 마실 때마다 자꾸만 더 마시고 싶어지기 때문이다.

스물두 살 때 나는 두 가지 일을 병행하며, 복도 끝에 공동 취사실이 있는 샌프란시스코의 방 두 개짜리 셋집에서 다섯 살배기 아들과 함께 살았다. 집주인인 제퍼슨 부인은 마음씨 넉넉한 할머니 같은 분이었다. 언제든지 기꺼이 아이를 봐주었고, 세입자들에게 저녁을 차려주겠다고 고집을 부렸다. 워낙 다정하고 상냥했기 때문에 아무리 끔찍한 요리를 개발해 내놓아도 정말 성격이 모나지 않은 이상 어느 누구도 불평하지 못했다. 일주일에 최소 세 번 이상 식탁에 올랐던 스파게티는 뭔지 모를 빨간색과 하얀색과 갈색의 조합이었다. 가끔은 정체를 알 수 없는 고깃덩어리가 파스타 사이에 숨어 있기도 했다.

나는 아들 가이와 함께 외식할 형편이 못 되었기 때문에 제퍼슨 레스토랑의 불만 많은 단골손님이 될 수밖에 없었다.

풀턴 스트리트의 또다른 빅토리아식 대저택으로 이사한 어머니는 고딕풍의 묵직한 가구들로 또다시 그 안을 가득 채웠다. 소파와 드문드문 놓인 의자엔 적포도주색 모헤어 커버가 씌워져 있었다. 오리엔탈풍 러그가 곳곳에 깔렸다. 파파가 상주하며 청소를 도맡았고, 가끔 요리사의 조수 역할을 대신하기도 했다.

어머니는 일주일에 두 번 가이를 데려가서 복숭아와 크림 과자와 핫도그를 먹였지만 나는 한 달에 한 번, 미리 정해놓은 시간에만 풀턴 스트리트로 찾아갔다.

어머니는 나의 독립심을 이해하고 격려했고, 나는 정해진 그날을 손꼽아 기다렸다. 그날이 되면 어머니는 내가 좋아하는 음식을 만들어주곤 했다. 그중에서도 특별히 기억에 남는 점심 데이트가 있다. 내가 '비비언 여사의 레드라이스데이'라고 이름을 붙인 날이다.

그날 내가 풀던 스트리트의 어머니 집에 도착했을 때 어머니는 예쁜 옷을 입고 있었다. 화장은 완벽했고 비싼 액세서리를 하고 있었다.

나는 어머니와 포옹한 뒤 손을 씻었고, 우리 둘은 격식 있는 어두컴컴한 식당을 지나 널찍하고 환한 부엌으로 들어갔다.

음식이 거의 차려져 있었다. 비비언 백스터 여사는 자신이 차린 맛있는 음식에 관한 한 아주 진지한 성격이었다.

그 오래전 레드라이스데이 때 어머니가 준비한 음식은 드레싱이나 그레이비소스 없이 바삭바삭하게 구운 수탉과 토마토나 오이를 넣지 않고 양상추로만 만든 샐러드였다. 그리고 커다란 접시를 덮은 주둥이 넓은 볼이 어머니 접시 옆에 놓여 있었다.

어머니는 짧지만 열렬하게 감사 기도를 드린 뒤 왼손으로 커다란 접시를, 오른손으론 볼을 잡았다. 어머니가 그릇들을 뒤집어 열고 볼을 살짝 기울이자, 잘게 다진 파슬리와 초록색 부추 줄기로 장식한 빨간 쌀밥이 수북하게 쌓여 반짝이는 게 보였다. 내가 세상에서 제일 좋아하는 음식이었다.

닭고기와 샐러드는 내 미뢰味蕾에 선명한 기억을 남기지 않았지만, 빨간 쌀밥은 한 알 한 알, 내 혀에 각인되었다.

가장 좋아하는 음식의 유혹에 빠져 왕성한 식욕을 보이는 사람에게 '게걸스럽다'거나 '걸신들렸다'고 표현하는 것은 너무 가혹한 처사다.

쌀밥을 두 그릇이나 먹었더니 배가 불렀다. 그럼에도 어찌나 맛있던지 내 위가 두 그릇 더 먹을 수 있을 정도로 컸으면 좋겠다고 생각했을 정도였다.

어머니는 오후에 약속이 있었기 때문에 외투를 집어들고 나와 함께 밖으로 나섰다.

한 블록을 반쯤 지났을 때 필모어 스트리트와 풀턴 스트리트가 만나는 모퉁이의 피클 공장에서 풍겨오는 시큼한 식초 냄새가 코를 찔렀다. 그때 나는 앞장서서 걷고 있었다. 그런데 어머니가 "얘" 하고 나를 불렀다.

나는 어머니 옆으로 걸어갔다.

"얘, 계속 생각해봤는데 이제 분명히 알겠구나. 넌 지금까지 내가 만난 여자 중에서 가장 대단해."

나는 완벽하게 화장을 하고 다이아몬드 귀걸이를 걸고 은색 여우털 목도리를 두른 그 아담하고 아리따운 여인을 내려다보았다. 샌프란시스코 흑인 사회의 대다수가 우러러보고, 심지어 백인들까지도 좋아하고 존경하는 여인이었다.

어머니가 말을 이었다. "너는 마음씨가 아주 착하면서도 아주

똑똑하잖니. 이 두 가지를 겸비한 사람은 드문데 말이야. 엘리너 루스벨트 여사, 메리 맥리오드 베순 박사* 그리고 내 어머니. 그래, 넌 그런 사람이야. 자, 키스해주렴."

어머니는 내 입술에 입을 맞추더니 대로를 무단 횡단해 베이지색과 갈색이 섞인 폰티악 자동차를 세워둔 곳으로 갔다. 나는 퍼뜩 정신을 차리고 필모어 스트리트 쪽으로 계속 걸었다. 그런 다음 길을 건너 22번 전차를 기다렸다.

독립적으로 살겠다고 결심한 이상 나는 어머니에게 돈을 받을 수 없었고 심지어 차를 태워달라는 것도 안 되는 일이었지만, 어머니와 어머니의 지혜라면 언제든지 기꺼이 빌릴 자세가 돼 있었다. 나는 어머니가 한 말을 곰곰이 생각해보았다. '어쩌면 어머니 말이 맞을지도 몰라. 어머니는 아주 현명한 분이시니까. 또 거짓말을 해야 할 만큼 누굴 무서워해본 적도 없다고 했잖아. 내가 진짜 대단한 사람이 되면 어떨까? 생각해보자.'

입안에서는 아직도 빨간 쌀밥 맛이 느껴졌다. 그때 나는 담배를 피우고 술을 마시고 욕을 하는 나쁜 습관을 고쳐야겠다고 결심했다. 술과 담배는 몇 년이 흐른 뒤에야 해결할 수 있었지만,

---

* 흑인 문제에 적극적이었던 미국의 교육자.

욕은 그 즉시 고쳤다.

생각해봐, 내가 진짜 대단한 사람이 될지도 모르잖아. 언젠간
말이지.

15

내 머릿속에 각인되어 있는 이 이야기는 전에도 일부 소개한
바 있다.

그의 이름은 마크였다. 키가 크고 체격이 좋은 흑인이었다. 만
약 그의 훌륭한 외모를 말에 비유한다면 캐나다 기마경찰대원을
모두 태울 수 있을 정도였다. 그의 꿈은 권투선수였고 조 루이스
를 존경했다. 그는 텍사스에서 태어났고, 디트로이트에서 일자
리를 구했다. 그곳에서 돈을 모아 코치에게 훈련을 받고 프로 권
투선수가 될 계획이었다.

그런데 자동차 공장의 기계에 오른 손가락 세 개가 잘린 뒤 그
꿈이 좌절됐다. 샌프란시스코로 거처를 옮긴 뒤에 거기서 나를

만났을 때 그는 그 이야기를 해주면서 그래서 '두 손가락 마크'
로 불린다고 말했다. 꿈이 좌절된 것을 억울해하는 기미는 전혀
없었다. 그의 말투는 부드러웠고, 내가 자기 셋방에 놀러갈 수
있도록 종종 아이 맡기는 비용을 대주었다. 그는 더할 나위 없는
남편감이자, 천천히 사랑을 나눌 줄 아는 연인이었다. 그 사람
옆에 있으면 마음이 놓이고 든든했다.

　그렇게 다정한 관심을 받은 지 몇 개월이 지난 어느 밤 직장으
로 나를 데리러 온 그가 하프 문 베이로 드라이브를 가자고 했다.

　그가 절벽 위에 차를 세우자 창문 너머로 물결에 일렁이는 은
색 달빛이 보였다.

　차에서 내렸을 때 그가 말했다. "이쪽으로 와봐." 나는 얼른
그쪽으로 다가갔다.

　"너, 나 몰래 다른 남자 만나고 있지?" 그가 말했다. 그 말에
나는 웃음을 터뜨렸다. 그렇게 한참 웃고 있는데 그의 손이 날아
왔다. 그리고 숨 돌릴 겨를도 없이 이번에는 두 주먹이 내 얼굴
을 강타했다. 쓰러지는데 정말로 눈앞에 별이 보였다.

　정신을 차리고 보니 나는 옷이 거의 벗겨진 채 튀어나온 바위
에 거의 알몸으로 기대어 있었다. 그는 나무판자를 손에 들고 울
고 있었다.

"그렇게 잘해줬는데, 이 형편없는 사기꾼에 걸레 같은 년 같으니." 그에게 가고 싶었지만, 다리가 말을 듣지 않았다. 그가 내 몸을 돌려서 눕혔다. 그러고는 나무판자로 내 뒤통수를 내리쳤다. 나는 정신을 잃었고, 정신이 들 때마다 그의 우는 얼굴을 보았다. 그는 계속 때렸고, 나는 계속 정신을 잃었다.

그후 벌어진 몇 시간 동안의 일은 사람들로부터 들은 이야기를 그대로 전하는 수밖에 없다.

마크는 나를 자동차 뒷자리에 태우고 샌프란시스코의 아프리카계 미국인 지역으로 갔다. 거기서 베티 루의 치킨집 앞에 차를 세우고 단골 몇을 불러서 내 모습을 보여주었다.

"뒤통수치는 계집에겐 이런 식으로 본때를 보여줘야 해."

그들은 나를 알아보았고 다시 식당 안으로 들어갔다. 그리고 마크가 차 뒷자리에 비비언의 딸을 태우고 있는데 죽은 것 같더라고 베티 루에게 전했다.

어머니와 절친한 사이였던 베티 루는 즉시 어머니에게 전화했다.

그런데 아무도 마크가 어디에 살고, 어디에서 일하는지, 심지어 그의 성이 무엇인지도 알지 못했다.

당시 어머니는 당구장과 도박장을 운영하고 있었고 베티 루는 경찰에 아는 사람이 있었기 때문에 두 사람은 마크를 찾아내는 건 시간문제라고 생각했다.

어머니는 샌프란시스코에서 손꼽히는 보석保釋 보증인과 절친한 사이였다. 그래서 그쪽으로 전화를 걸었다. 하지만 보이드 푸치넬리의 파일에는 마크도, '두 손가락 마크'도 없었다.

그는 계속 알아보겠다고 약속했다.

눈을 떠보니 나는 침대에 누워 있었고, 온몸이 욱신거렸다. 숨 쉬는 것도, 말하기 위해 입을 여는 것도 고통스러웠다. 갈비뼈가 부러졌기 때문이라고 마크가 말했다. 입술은 이에 눌려서 갈라졌다.

그는 눈물을 흘리며 나에게 사랑한다고 말했다. 그러더니 양날 면도칼을 가지고 와서 자기 목에 갖다 댔다.

"나 같은 건 살 필요가 없어. 죽어버려야 해."

그러지 말라고 얘기하고 싶어도 목소리가 나오지 않았다. 그는 얼른 면도칼을 내 목으로 옮겼다.

"널 여기 남겨두고 갈 수는 없지. 다른 검둥이 차지가 될 테니까." 말을 하는 건 불가능했고, 숨쉬기도 고통스러웠다.

갑자기 그가 마음을 바꾸었다.

"당신, 삼 일 동안 아무것도 못 먹었잖아. 주스 좀 사다줄게.

파인애플 주스가 좋아, 오렌지 주스가 좋아? 고개만 끄덕여."

어떻게 해야 좋을지 알 수 없었다. 어떻게 하면 그를 밖으로 내보낼 수 있을까?

"근처 가게에 가서 주스 좀 사올게. 아프게 해서 미안해. 주스 사 가지고 와서 당신이 다 나을 때까지 열심히 간호할 거야. 약속해."

나는 밖으로 나가는 그의 뒷모습을 물끄러미 바라보았다.

그제야 내가 있는 곳이 어딘지 알 수 있었다. 예전에 자주 드나들던 그의 집이었다. 집주인이 같은 층에 살고 있었기 때문에 그녀를 부르면 도움을 받을 수 있을지 모른다는 생각이 들었다. 나는 숨을 최대한 크게 들이쉬고 소리를 질러보았지만, 아무 소리도 나오지 않았다. 일어나 앉으려고 했다가 너무 아파서 딱 한 번 시도해보고는 바로 포기했다.

나는 그가 면도칼을 어디에 두었는지 알고 있었다. 면도칼을 집을 수만 있다면 스스로 목숨을 끊을 수 있을 테고, 그러면 나를 죽이는 희열을 그에게서 빼앗을 수 있었다.

나는 기도를 하기 시작했다.

정신이 들락날락하면서도 기도를 하는데, 복도 저쪽에서 고함 소리가 들렸다. 어머니의 목소리였다.

"부숴버려. 그 개자식도 부숴버려. 내 아이가 저 안에 있다니까!" 쩍 하는 소리와 함께 문이 산산조각 났고, 자그마한 체구의 우리 어머니가 그 사이로 걸어들어왔다. 어머니는 내 몰골을 보고 그 자리에서 쓰러졌다. 나중에 어머니는 살아오면서 기절한 건 그때가 처음이자 마지막이라고 털어놓았다.

얼굴이 두 배로 퉁퉁 붓고 이는 입술 속으로 파고든 내 몰골을 어머니는 감당할 수 없었다. 그 충격으로 쓰러진 거였다. 어머니의 뒤를 이어 덩치 좋은 남자 셋이 들어왔다. 그중 두 명의 도움을 받아 어머니는 정신을 차리고 비틀거리면서 일어났다. 어머니가 두 사람의 부축을 받으며 내게로 걸어왔다.

"아가야, 아가야, 정말 미안하구나." 어머니가 건드릴 때마다 나는 움찔했다. "구급차를 부르마. 그 개자식은 죽여버릴 거야. 미안하다."

세상의 모든 어머니가 그렇듯 자식에게 끔찍한 일이 생기자 우리 어머니도 죄책감 때문에 괴로워했다.

나는 말을 할 수도, 어머니를 만질 수도 없었지만, 숨막힐 정도로 악취가 나던 그 방안에 있던 그 순간만큼 어머니를 사랑한 적은 없었다.

어머니는 내 얼굴을 가볍게 쓰다듬고 팔을 어루만졌다.

"아가야, 누군가의 기도가 응답을 받았나봐. 어디에 가야 마크를 찾을 수 있는지 아무도 몰랐거든. 심지어 보이드 푸치넬리도 몰랐어. 그런데 마크가 주스를 사러 가게에 갔을 때 아이 둘이 담배 장수의 트럭을 털었지 뭐니." 어머니는 이야기를 계속했다.

"경찰차가 보이니까 아이들이 담배 상자를 마크 차에 던졌어. 마크가 차에 타려는 순간 경찰이 그를 체포했지. 경찰은 결백을 주장하는 그의 말을 믿지 않고 유치장에 집어넣었고. 그런데 딱 한 번 전화를 걸 수 있는 기회를 얻자 마크가 보이드 푸치넬리한테 전화를 걸었던 거야. 보이드가 전화를 받았지."

마크는 이렇게 얘기했다고 한다. "제 이름은 마크 존스이고, 오크 스트리트에 살아요. 지금은 돈을 갖고 있지 않지만, 집주인 아주머니한테 맡겨놓은 돈이 제법 돼요. 아주머니한테 전화하면 선생님이 말씀하는 금액을 가지고 갈 겁니다."

"어디 산다고요?" 보이드가 물었다.

"제 별명이 두 손가락 마크예요." 마크가 대답했다.

보이드는 전화를 끊고 내 어머니에게 전화를 걸어 마크의 주소를 알려주었다. 그러면서 경찰을 부를 거냐고 물었다. 어머니가 대답했다. "아니. 당구장에서 주먹 몇 명 데려가 내 딸을 구할 거야."

마크의 집에 도착했더니 집주인은 마크라는 사람을 모른다고, 아무튼 집에 안 들어온 지 며칠 됐다고 했다.

어머니는 그럴 리 없다며 딸아이를 찾으러 왔는데 딸이 그 집, 마크의 방에 있다고 말했다. 그러고는 마크의 방이 어디냐고 물었다. 집주인이 그가 문을 잠가놓고 다닌다고 대답하자 어머니가 말했다. "오늘 열릴 거예요." 집주인이 경찰을 부르겠다고 으름장을 놓자 어머니가 말했다. "요리사를 부르든, 빵집 주인을 부르든, 장의사를 부르든 마음대로 해요."

집주인이 마크의 방을 가르쳐주자 어머니는 데려온 사람들에게 말했다. "부숴버려. 그 개자식도 부숴버려."

병실에서 나는 모르는 사람의 차 안으로 훔친 담배 상자를 던진 어린 좀도둑 두 명에 대해 생각했다.

마크는 체포되었을 때 보이드 푸치넬리에게 전화했고, 보이드는 내 어머니에게 전화했고, 어머니는 당구장에서 제일 담대한 남자 셋을 데려왔다.

그들이 내가 갇혀 있던 방문을 부쉈고 이렇게 해서 나는 목숨을 건질 수 있었다. 이 모든 것은 우연이었을까, 필연이었을까, 아니면 기도에 대한 응답이었을까?

나는 내 기도에 대한 응답이었다고 믿는다.

나는 어머니의 집에서 몸을 추슬렀다. 어머니의 주변엔 서터 스트리트 바에서 바텐더로 일하는 트럼펫이라는 친구가 있었는데, 어느 날 어머니가 내게 말했다. "좀 전에 트럼펫한테 전화를 받았다. 내가 마크를 혼쭐내고 싶어하는 걸 그 친구가 아는데, 마크가 거기서 술을 마시고 있단다. 자, 이거." 나는 어머니가 건네는 38구경 스페셜 리볼버를 받았다.

"서터 바 건너편에 있는 C 카인즈 호텔로 가라. 그리고 거기 로비에서 마크한테 전화해. 트럼펫이 못해도 한 시간쯤 마크를 붙잡아놓을 수 있다고 했어. 전화해서 남부 억양으로 얘기해라. 며칠 전 밤에 그를 본 적 있는 사람이라고, 지금 C 카인즈 호텔에 있는데 다시 만나고 싶다고. 그 자식이 바에서 나오면 너는 호텔 로비에서 나가. 그리고 길모퉁이로 걸어가서 총을 쏘거라. 그 자식을 죽여버리는 거지. 내가 하루 만에 빼주겠다고 약속하마. 그 자식은 널 죽이려고 했어. 그러니까 쏴버려."

나는 호텔 로비에서 마크에게 전화했다. 그는 내 목소리를 알아차리지 못했다. 되려 수작을 걸며 "이름이 뭐예요?" 하고 물었다.

"버니스요. 지금 로비에 있어요. 이쪽으로 건너와요." 내가 말했다.

그가 웃으며 말했다. "당장 갈게요."

그는 눈 깜짝할 새 모퉁이로 나와서 길을 건너려고 했다.

나는 총을 들고 로비에서 나갔다. 그가 나를 보기 전에 내 쪽에서 먼저 그를 보았다. 총을 쏠 시간이 충분했지만 그러고 싶지 않았다. 그는 차도로 몇 걸음 내디딘 다음에야 나와 내 손에 들린 권총을 보았다.

"마야, 제발 죽이지 말아줘. 맙소사, 제발 그러지 마. 미안해. 사랑해."

나는 그가 안쓰럽게 느껴지지 않았다. 구역질이 났다. "술집 안으로 다시 들어가, 마크. 들어가서 화장실로 가. 어서. 쏘지 않을 거야."

그는 몸을 돌려 달아났다.

어머니는 고개를 저었다. "그 성격은 나한테 물려받은 게 아니다. 헨더슨 할머니한테 물려받은 거지. 나 같으면 대로 한복판에서 개죽음을 당하게 했을 텐데. 착하다, 아가. 넌 나보다 나은 여자야."

어머니는 나를 두 팔로 감싸안았다. "앞으로 그 녀석은 절대

걱정할 필요 없어. 내가 소문 퍼뜨려놨거든. 샌프란시스코를 활
개치고 다녔다가는 내 손에 죽는다는 걸, 나는 망설일 리가 없다
는 걸 그 자식도 알 거다."

　나는 두 가지 일을 병행해야 간신히 생활비를 댈 수 있었다.
오전 다섯시부터 열한시까지는 간이식당에서 프라이 담당으로
일을 했다. 다른 직장은 크리올* 요리 전문점이었고, 근무시간은
오후 네시부터 아홉시까지였다.
　오전 일과 오후 일 사이, 비는 시간에는 학교에서 가이를 데
리고 알레르기 전문 병원에 가서 아이가 알레르기 반응을 일으
키지 않는 식료품 목록을 받았다. 가이는 토마토, 빵, 우유, 옥수
수, 녹색 채소에 알레르기가 있었다. 알레르기 전문 병원을 나서
면 멜로즈 레코드점에 들르곤 했다. 가이는 어린이 음반 코너로,
나는 블루스와 비밥 코너로 향했고 우리는 각자 칸막이 자리를
한 칸씩 차지한 뒤 고른 음반을 들었다.
　그런 식으로 한 시간쯤 시간을 보내고 나면 사고 싶은 음반을
골라 값을 치르고 집으로 향했다. 아이를 안전하게 집에 데려다

---

* 미국의 유럽계 이민자와 흑인 사이에서 태어난 혼혈.

놓으면 바로 크리올 요리 전문점으로 달려가야 했다.

어느 날 오전, 알레르기 전문 병원에서 번드르르한 여성 잡지를 집어들었다가 '당신의 아이는 정말 알레르기 체질일까, 아니면 당신의 관심이 부족한 걸까?'라는 제목의 기사를 읽기 시작했다.

기사를 다 읽기 전에 가이의 진료가 끝났다. 나는 접수 담당에게 잡지를 집에서 읽고 다음 진료 시간에 가지고 오면 안 되겠느냐고 물었다. 그래도 된다기에 핸드백 안에 챙겼지만, 저녁 일이 끝난 다음에야 들여다볼 짬이 생겼다. 나는 집으로 돌아와 식탁에 앉아 기사를 읽기 시작했다.

그 기사 때문에 화가 머리끝까지 치솟았다. 잡지를 쓰레기통에 던지려는 순간, 어머니에게서 전화가 왔다. 나는 퉁명스럽게 전화를 받았다.

"왜 그러니?" 어머니가 물었다.

"백인 여자들이라면 신물이 나서요." 내가 대답했다.

"백인 여자들이 너한테 무슨 짓을 했는데?" 어머니가 물었다.

"저한테 무슨 짓을 한 게 아니라 하도 아는 척을 해서요."

"내가 그리로 가마. 얼음 잔 좀 준비해두겠니? 내가 마실 스카치위스키를 들고 가마." 어머니가 말했다.

세수하고 머리를 빗고 얼음 잔을 준비했을 때 초인종 소리가 들렸다.

어머니가 안으로 들어왔고 나는 이 말을 들을 준비가 되어 있었다. "앉아라. 할 얘기가 있으니까."

그러는 대신 어머니는 내가 읽은 기사를 보자고 했다. 나는 잡지를 건네고, 내가 마실 포도주를 잔에 따랐다. 어머니는 기사를 읽더니 웃으며 물었다. "뭣 때문에 그렇게 화가 나던?"

내가 말했다. "백인 여자들은 평생 백인으로 살아왔고, 어느 정도 돈이 있고, 자기 생활비를 해결해주는 사람이 있고, 다들 자기처럼 산다고 생각하잖아요. 저는 두 탕씩 뛰어야 근근이 살 수 있고, 최선을 다해도 그 정도인데 말이에요."

"앉아라. 할 얘기가 있으니까." 어머니가 말했다.

기다렸던 말이었기에 나는 자리에 앉았다.

어머니가 말했다. "네가 워낙 자존심이 강해서 누구한테 돈을 빌리거나 손을 벌릴 리 없다는 걸 나도 안다. 하지만 현실을 직시해야지. 너한테는 몸이 안 좋은 아이가 있고, 너를 사랑하는 어머니가 있어. 너한테 돈을 빌려줄 생각은 없지만, 너의 미래에 천 달러쯤 투자할 뜻은 있다. 이건 대출도 아니고 선물도 아니야. 이건 투자야.

앞으로 삼 개월 뒤부터 갚기 시작해라. 그동안 네 아들하고 좀 더 많은 시간을 보낼 수 있을 거야. 보수가 좋은 다른 일자리를 찾도록 해. 난 5퍼센트의 이자를 원하거든. 난 네가 정정당당한 아이란 걸 알고, 넌 내가 억척같은 사람이란 걸 알지. 백인 여자들은 잊고 우리 생각만 하자."

나는 감사한 마음으로 어머니의 제안을 받아들였다. 다음날 아침 나는 프라이 담당을 그만두겠다고 통보했고, 두번째 식당에서도 내게 해고를 통보했다.

어머니가 갑자기 내게 거금을 투자하자마자 일이 없어졌다. 나는 가이를 차에 태우고 허둥지둥 내려주던 평소 아침과 달리 여유롭게 학교까지 걸어서 데려다주었다. 아이의 행복이 내게 전염됐다. 나는 피식피식 웃음이 나왔다.

아이는 폴짝 뛰고 춤을 추고 내 손을 잡았다가 놓고 길모퉁이로 달려갔다가 다시 달려왔다. 어찌나 환호성을 지르는지 내가 다 눈물이 날 지경이었다.

점심시간에 데리러 갔을 때 아이는 나더러 인도의 금을 밟으면 안 된다고 했다. 자기가 뛰면 나도 뛰어야 된다고 했다. 나는 아이가 시키는 대로 했다. 아이는 폴짝 뛰는 나를 보고 좋아서 깔깔거렸다. 아이의 웃음소리에 기뻐서 나는 점점 더 열심히 뛰었다.

이 주가 지나자 피가 날 때까지 온몸을 긁어야 할 정도로 심했던 알레르기가 살짝 가라앉았다. 사 주가 지나자 알레르기 때문에 생겼던 상처들이 아물었다.

행운의 여신이 나를 보며 웃고 있었다. 나도 옆에서 행운의 여신을 거들어보기로 마음먹었다.

나는 멜로즈 레코드점에 지원했고 취직이 됐다. 새로운 일자리는 보수가 훌륭했다.

어머니는 내가 아들과 함께 길거리에서 폴짝폴짝 뛰며 어린 아이처럼 노는 걸 보았다는 친구들의 말을 들은 적이 있다고 했다. 그리고 그 얘기를 들었을 때 이렇게 대꾸했다고 했다. "아니, 그애는 놀고 있었던 게 아니야. 좋은 엄마 노릇을 하고 있었던 거지."

16

데이비드 루빈스타인은 개혁파 유대교도였다. 루이스 콕스는 크리스천 사이언스 교도였고, 나는 기독교 감리교 감독교회 소속이자 심정적으로는 침례교 신자였다. 그런데 놀랍게도 우리 셋은 죽이 잘 맞은 정도가 아니라 서로 좋아했다. 그 레코드점은 필포어 지구의 흑인 거주 지역에서 가장 완벽한 음반 가게였다.

비밥 분야는 찰리 파커, 디지 길레스피, 마일스 데이비스가 장악했다. 카운트 베이시, 조 윌리엄스, 레이 찰스, 다이너 워싱턴, 빌리 엑스타인, 냇 킹 콜, 세라 본은 인기 있는 리듬 앤드 블루스 장르의 스타였다. 옛날 블루스 가수들의 앨범도 그럭저럭 한 코너를 차지했다.

내가 어떤 뮤지션이 어떤 음악을 만들어서 어떤 성공을 거두었는지 모르는 게 없는 직원으로 명성을 날리자 뜻밖에 데이브와 루이스는 월급을 올려주었다. 나는 어머니에게 조금씩 돈을 갚기 시작했다.

토시 앤젤로스는 보고 있으면 숨이 멎을 만큼 인물이 훤하고 기품이 넘치는 손님이었다. 그는 크루넥 스웨터와 트위드 바지, 벅스킨 구두를 즐겨 신었다. 게다가 재즈와 비밥에 대해서 나만큼 아는 게 많았다. 그가 음반을 잔뜩 고르고는 지나가는 투로 내 이름을 묻기에 알려주었다. 그는 음반 몇 개를 사고 값을 치른 뒤 나갔다.

루이스 콕스가 내게 말했다. "너한테 홀딱 반한 것 같은데?"

나는 그가 내게 전혀 관심이 없다고 생각했기 때문에 그 소리에 웃지 않았다. 그는 다음주에 다시 찾아와 내 이름을 부르며 음반을 몇 개 더 찾아달라고 했다. 그는 음반을 들어보고 그중에서 몇 개를 골라 값을 치르고 갔다. 그가 세번째로 찾아왔을 때 가이가 가게에 있었다. 그는 내게 인사한 뒤 그 다섯 살짜리 아이와 내가 서로 아는 사이냐고 물었다.

"제 아들이에요." 내가 대답했다.

"아드님도 음악을 좋아하나요?" 토시가 물었다.

"네." 내가 대답했다.

그는 미소를 지으며 고개를 끄덕이더니 나갔다.

나는 루이스에게 그 사람에 대해 아는 게 있느냐고 물었다.

"해군이고, 그리스 출신이고, 오리건 대학교를 나왔어."

몇 주 동안 토시는 아무 소식이 없었다. 루이스는 배를 타고 바다로 나갔을 거라고 했다. 나는 좀더 마음에 드는 레코드점을 발견했나보다고 생각했다. 몇 주가 지나서 이제 더는 그를 보지 못할 모양이라고 포기했을 때, 그가 해군 군복 차림으로 레코드점에 들어오더니 나더러 저녁 같이 먹겠느냐고 물었다.

나는 좋다고, 이모한테 가이를 맡아줄 수 있는지 물어보겠다고 했다. 그는 다음번에는 가이를 데리고 나가도 좋지만, 첫날만큼은 단둘이서 만나고 싶다고 했다.

첫 데이트에서 토시는 번뜩이는 재치로 내 눈을 멀게 했고, 살아온 이야기들로 내 마음을 사로잡았다. 그후 넉 달 동안 우리는 셋이서 아니면 토시와 나, 단둘이서 그 일대의 모든 음식점을 섭렵하며 함께 저녁을 먹었다. 같이 체스도 두고 스무고개도 하고 집안에서 하는 실내 게임도 했다.

우리는 서로를 마음에 들어했고, 그가 우리 모자를 웃게 했기 때문에 나는 그의 등장을 손꼽아 기다리게 됐다. 그러던 어느 날, 저녁을 먹고 재미있게 스무고개를 하고 나서 가이가 잠이 들었다. 나는 토시와 함께 앉아서 포도주를 마셨고 그에게 자고 가라고 했다. 그는 내가 바랐던 만큼 조심스럽고 열정적이었다. 우리 사이는 점점 깊어졌다. 나는 기뻤지만 놀랍지는 않았다.

몇 주 뒤 그가 청혼했다. 나는 그의 청혼을 받아들이고 싶지만 먼저 어머니와 의논해야 한다고 말했다. 어머니는 우리집에서 실내 게임을 하던 날 토시를 한 번 만난 적이 있었고 마음에 들어했었는데, 내가 할 이야기가 있다고 하자 우리집으로 오겠다고 했다.

나는 가이를 재운 다음 토시에게 청혼을 받았고 승낙했다는 이야기를 꺼냈다. 어머니는 노발대발했다.

"어떻게 백인이랑 결혼 운운할 수 있니?"

내가 반문했다. "어머니는 편견이 없는 분 아니었어요?"

"그건 맞다. 하지만 백인이랑 결혼하는 건 부자나 가난뱅이와 결혼하는 것만큼이나 어려운 문제야." 어머니가 말했다.

"나는 그이한테 재산이 얼마나 되느냐고 묻지 않았어요. 나를 사랑하는지, 나를 보호해줄 건지, 나와 함께 아들을 키워줄 건지 물었죠." 내가 말했다.

"그랬더니 뭐라던?" 어머니가 물었다.

"그러겠다고 했어요!" 내가 말했다.

"그리고, 너는 그 사람을 믿고?" 어머니가 물었다.

"네." 내가 대답했다.

어머니가 물었다. "어쩌려고 그러니? 그 사람 때문에 어떻게 될 줄 알고? 그쪽 사람들은 너를 경멸할 테고, 우리 쪽 사람들은 너를 못 미더워할 거다. 정말로 엄청난 결혼 선물이지."

물론 나는 그에게 불안과 고집이 아슬아슬하게 뒤엉켜 발 디딜 틈 없는 심리 상태와 아버지의 훈육이 뭔지 전혀 모르는 다섯 살짜리 아들을 선물하고 있었다.

"그 사람을 사랑하니?" 어머니가 물었다.

나는 대답하지 않았다.

"그런데 왜 그 사람이랑 결혼하겠다는 거야?"

비비언 백스터 여사는 무엇보다 정직을 최우선으로 여겼다.

"그이가 청혼을 했으니까요, 어머니." 나는 대답했다.

어머니는 고개를 끄덕이며 "알았다, 알았어"라고 하더니 하이 힐 뒤축을 딛고 몸을 돌려서 으스대며 현관문을 향해 갔다. "행운을 비마."

그 다음주에 어머니가 내게 전화해서 샌프란시스코에서 로스앤젤레스로 이사한다고 알렸다. 나는 오빠에게 집에 와달라고 했다. 그리고 어머니 때문에 속이 상했다고 말했다.

　오빠가 말했다. "너 때문에 어머니 속이 상했지. 어머니는 네가 혼자 살거나 돈 많은 남자랑 결혼할 줄 아셨을 테니까."

　"그런 남자는 아무도 나를 찾아주지 않았는걸." 내가 말했다.

　"뭐, 어머니는 이사 가셔도 내가 있잖니. 내가 널 응원하고, 토시를 매제라고 불러줄게." 오빠가 말했다.

17

토시와 나는 정말 결혼했다. 어머니는 정말 로스앤젤레스로 이사했다. 토시는 제대로 된 식당과 거실, 널찍한 부엌이 딸린 방 세 개짜리 집을 구했다. 우리 셋은 가구가 반쯤 갖춰진 그 집에서 아주 편안하게 지냈다. 가스레인지와 냉장고를 장만하고, 거실에는 소파를 놓았다. 주부로 사는 건 좋았지만, 어머니가 없다는 게 가슴 아렸다.

오빠한테 받은 전화번호로 한 번 연락했을 때 어머니는 이렇게 말했다. "내가 널 사랑하는 거, 네가 행복하길 바란다는 거 알지? 하지만 내가 거짓말을 못하는 것도 알 테니까 네가 고른 남편감이랑 행복하게 잘살 것 같다고 말하지는 않을 거야. 하지만 너무 불행하지는 않았으면 좋겠구나."

결혼생활은 오래 신은 신발처럼 대체로 나와 잘 맞았다. 토시는 내게 레코드점 일을 그만두라고 했다. 집적대는 남자들이 너무 많아서 질투가 난다는 것이었다. 나는 그의 질투심이 위험한 수준으로 커질 줄은 꿈에도 몰랐다. 솔직히 말하자면 오히려 나를 그 정도로 원한 사람이 한 명도 없었기에 우쭐했다. 나는 그의 의견을 받아들여 메트로폴리탄 생명보험사에 입사지원서를 냈고 서류 정리직으로 취직했다. 한 달에 두 번 댄스 강습을 받았고, 토요일이면 대형 슈퍼마켓에서 장을 보았다. 새로 산 냄비와 새로 장만한 가스레인지로 날마다 저녁을 만들었다.

흑백 커플 몇 쌍을 만나 토요일 저녁이면 우리집 거실에서 값싼 포도주를 마시며 스무고개와 동작 힌트 게임을 했다. 토시는 내가 어머니를 그리워한다는 것을 알아차리고는 말했다. "나는 그분 이해해. 백인이 싫으신 거야."

나는 그게 아니라고 맹세했다.

"그럼 백인은 좋은데, 딸이 백인 남자와 결혼하는 건 싫으신 거겠네." 그가 말했다.

가이와 토시는 좋은 친구가 되었다. 그는 가이에게 체스를 가르쳤고, 나는 요리책을 사들이고 근사한 요리에 도전하기 시작했다. 오빠와 동거녀 이본이 적어도 일주일에 한 번은 놀러왔다. 내 결혼생활에서 부족한 건 딱 두 가지였다. 어머니와 하느님.

토시는 무신론자였다. 나는 연애할 때 이미 그 이야기를 들었지만, 하느님이 그의 마음을 바꾸어놓을 거라고 믿었다. 그런데 나의 착각이었다. 그는 이 세상에 신은 없다고, 교회에 다니는 건 바보 같다고 했다. 나는 그로 인해 내 아들이 종교적인 가르침에서 멀어질까 두려워, 단둘이 있을 때마다 가이에게 예수 이야기와 그분이 이룬 기적들에 대해 들려주었다. 팔복*과 주기도문과 시편 23편을 가르쳤다. 우리 둘이 있을 때 가이가 제대로 외우고 있는지 시험해보곤 했다. 둘이서 "이 작은 나의 빛, 비추게 할 테야" 같은 복음성가도 불렀다. 내가 시작한 이런 행동들은 이내 일상으로 자리잡았다.

그러고 나서 얼마 후에 토시를 저버리고 교회에 다니기로 결단을 내렸다. 어느 일요일, 나는 아침을 차린 뒤 운동복으로 갈아입고 좀 걷다 오겠다고 말했다. 그런 다음 교회에 입고 갈 옷과 신발을 숨겨놓은 오빠네 집으로 향했다. 교회에서는 목사님이 큰 소리로 외치고 신도들이 찬송가를 불렀다. 성전에 있으니

---

* 예수가 산상수훈에서 복이 있는 자들이 어떤 사람들인지 여덟 가지로 밝힌 설교.

기분이 더 좋았다. 나는 오빠네 집으로 돌아가서 다시 운동복으로 갈아입고 집까지 걸어갔다. 거짓말을 하긴 했지만 옳은 일을 했다는 생각에는 조금도 변함이 없었다.

결혼생활은 순조롭게 굴러갔다. 힘든 부분이 있다면 어머니가 절대 전화를 하지 않는다는 것과 한 달에 두 번 거짓말을 하고 몰래 교회에 다녀와야 한다는 거였다.

어느 날 아침, 오빠가 내게 전화를 하더니 어머니가 우리집으로 찾아와 나를 만나고 싶어한다고 전했다. 처음에 나는 싫다고 했다. 나도 어머니만큼 냉정해질 수 있다는 것을 보여주고 싶었던 것이다. 하지만 어머니의 아름다운 얼굴을 보고 어머니의 웃음소리를 듣고 싶은 마음이 너무 커서, 찾아오겠다는 어머니를 거부할 수가 없었다.

나는 오빠에게 어머니가 우리집으로 전화해줬으면 좋겠다고 전했다. 전화벨이 울렸고 어머니가 물었다. "아가, 너희 집으로 찾아가도 되겠니?"

"오세요. 일요일에 같이 저녁 먹어요." 내가 말했다.

"교회 들렀다가 가도 될까?" 어머니가 물었다.

"그럼요." 내가 대답했다.

나는 말 그대로 신이 나서 온몸이 떨렸다. 어머니가 옥수수 빵

으로 속을 채우고 내장으로 만든 그레이비소스를 곁들인 통닭구
이를 좋아한다는 것은 잘 아는 사실이었다. 토시와 가이에게 어
머니가 오신다고 알렸다. 가이는 좋아서 어쩔 줄 몰라했다.

토시가 물었다. "내가 백인인 걸 용서하신 건가?"

나는 아무 대답도 할 수 없었다.

나는 작은 병에 담긴 스카치위스키를 하나 사다놓고 음식을 준
비했다. 평소처럼 우아하게 차려입은 어머니는 함께 온 로티 웰
스라는 미모의 여성을 소개했다. 그러면서 웰스 씨가 자신의 가
까운 친구이자 간호사라며 이모처럼 생각했으면 좋겠다고 했다.

어머니의 미소가 어찌나 아름답고 따뜻하던지 나는 어머니에
게 또 한번 버림받았었다는 사실을 그만 잊고 말았다. 어머니는
한참 동안 나를 끌어안았다. 포옹을 풀고 보니 어머니 얼굴이 눈
물에 젖어 있었다.

어머니가 말했다. "아가, 부디 나를 용서해다오. 네가 당나귀
랑 결혼한대도 상관없어. 다시는 널 혼자 두고 떠나지 않으마. 너
를 만나게 하려고 로티를 데리고 왔단다. 로티한테 너랑 가이 이
야기를 워낙 많이 해서 소개해주고 싶었어. 너희 둘 다 로티를
좋아하게 될 거야, 분명히."

나는 로티의 얼굴을 보게 되어서, 그녀가 흘리는 기쁨의 눈물

을 보게 되어서 좋았다.

나는 울음을 터뜨렸고, 우리 셋은 부둥켜안았다.

가이가 복도를 달려왔다. "할머니, 할머니!"

어머니는 가이에게 입을 맞추고 말했다. "어머나, 큰 것 좀 보게."

토시가 등장했다. "어서 오세요." 그가 말했다. "오랫동안 어머님을 기다렸습니다."

어머니가 뭐라고 쏘아붙일 수도 있었는데 그러지 않아서 정말 고마웠다. 우리는 거실로 들어갔고, 어머니는 자리에 앉아서 주변을 둘러보며 집과 가구와 인테리어를 칭찬했다.

나는 어머니와 로티 이모가 마실 스카치위스키와 물을 내왔다. 토시와 나는 와인을 마시기로 했다. 가이에게는 오렌지주스를 주었다. 우리는 잔을 들고 건배를 외쳤다.

어머니가 말했다. "너희에게 할말이 있단다. 무식은 정말 끔찍한 거야. 무식하면 가족이 중심을 잃고, 사람들이 통제력을 잃게 되지. 무식엔 경계도 없어. 늙은이, 젊은이, 중산층, 백인, 흑인 모두 무식할 수 있지. 나는 내 딸이 자신을 내팽개친다고 생각했어. 이미 힘들게 살아왔으면서 자진해서 바보가 되려 한다고 생각했지. 그런데 그 아이의 아름다운 목소리가 내 귀에 들리고, 가이가 얼마나 행복해하는지 내 눈에 보여. 너희가 사는 이 아름다운 집의 진가가 느껴지고. 토시 앤젤로스, 내 사과와 감사 인사를 받아주게. 내 사랑스러운 딸을 사랑해준 자네를 존경하네."

그날의 저녁식사는 그야말로 최고였다.

18

나는 열다섯 살 때 장학금을 받고 캘리포니아 레이버 고등학
교에 입학했다. 그리고 그곳에서 춤을 배우면서 그전에 몰랐던
기쁨을 발견했다. 음악은 내게 몸을 움직이라고, 미끄러뜨리거
나 들라고 했고, 나는 음악이 시키는 대로 했다. 기회가 닿는 대
로 무료 강습을 받았고, 돈을 내고 강습을 받아야 할 나이가 된
다음부터는 구두쇠처럼 씀씀이를 줄여 집세와 아이 맡기는 비
용, 식비, 음반, 댄스 수업료를 감당했다. 한 달에 두 번 강습을
받을 수 있었던 적도 있고, 쥐어짜고 또 쥐어짜서 일주일에 한
번씩 강습을 받은 적도 있었다.

결혼하고 처음 몇 달 동안은 춤을 끊었다. 남편의 생활 방식을

티득하고, 그와 내 아들이 만들어나가는 관계를 살피느라 시간이 없었다.

그러다 다시 춤을 시작했는데, 한 달에 딱 하루 저녁만 할애했다. 토시가 수업을 구경해도 되느냐고 했다. 내가 대환영이라고 하자 그는 가이를 데리고 왔다. 내가 레오타드로 갈아입고 교실에 들어가보니 둘이 벽 앞에 놓인 접이식 의자에 앉아 있었다.

둘은 수업이 끝날 때까지 기다렸다. 우리는 차를 타고 같이 집으로 돌아왔다. 토시가 말했다. "당신이 그 반에서 최고더라. 선생보다 낫던데?"

그 칭찬을 듣고 나는 정말 기뻤다.

몇 개월 동안 토시는 내가 춤을 즐겨도 군소리가 없었다. 하지만 그가 이탈리아 레스토랑에서 다 같이 저녁을 먹자고 했던 날만큼은 달가워하지 않았다.

그는 댄스 수업 때문에 저녁을 먹으러 갈 수 없다는 내 말에 놀라워했다. 나더러 전문 댄서가 될 생각이냐고 했다. 나는 그건 아니지만 춤을 추면 해방감을 느낀다고, 심지어 내 몸이 존재의 이유를 찾는 기분이라고 대답했다. 그는 존재 이유에 대해서라면 전혀 고민할 필요가 없다고 딱 잘라 말했다. 그 말에 담긴 의미에 우리 둘은 웃음을 터뜨렸고, 더는 댄스 수업에 대해 왈가왈

부하지 않았다.

그러고 나서 얼마 후 토시가 문을 쾅 소리 나게 닫으며 욕실에서 나왔다. 나는 왜 그러느냐고 물었다. 그때까지 우리 둘은 말싸움다운 말싸움을 벌인 적이 없었다. 그는 수건들이 축축하다며 축축한 수건으로 몸을 닦는 건 전혀 유쾌하지 않다고 했다. 나는 집에 마른 수건이 있고 수건이 없다고 했으면 내가 가져다줬을 거라고 말했다. 그는 내가 건성으로 수건을 말리는 바람에 제대로 보송보송한 수건이 없다고 했다. 나는 아무 말 없이 수건을 넣어두는 벽장 앞으로 갔다가 수건들이 하나같이 축축한 채로 바닥에 떨어져 있는 것을 보고 충격을 받았다.

"어째서 수건들이 전부 다 바닥에 떨어져 있어?" 내가 물었다.

"축축해서 내가 거기 놨어." 그가 대답했다.

"내가 직접 말렸는데." 내가 말했다.

"당신이 댄스 스튜디오에서 보내는 시간이 워낙 많으니까 집안일을 제대로 할 겨를이 없잖아." 그가 말했다.

"그럼 내가 어떻게 했으면 좋겠어?" 내가 물었다.

그는 바지 지퍼를 올리고 셔츠 단추를 채우며 말했다. "전문 댄서가 될 일도 절대 없는데 뭐하러 그렇게 공을 들이는지 이해가 안 돼. 가이랑 나는 당신의 관심이 필요해. 그럴 자격도 있고."

수건을 적신 장본인이 그라는 걸 알았지만 나는 아무 말도 하지 않았다.

이틀을 기다렸다가 어머니에게 전화했다.

어머니가 말했다. "애야, 안 그래도 내가 연락하려던 참이었다. 요즘 사업 돌아가는 꼴이 마음에 안 들어서. 네가 도와주면 좀 괜찮을 것 같구나. 이번 주말에 샌프란시스코로 돌아갈 예정인데, 일요일에 너희 집에 가도 되겠니?"

집으로 찾아온 어머니가 말했다. "옛말에 그런 말이 있잖니. 고양이가 없으면 쥐새끼들이 날뛰게 마련이라고." 어머니는 웃음을 터뜨렸지만 즐거워하는 기색은 전혀 없었다.

어머니가 말했다. "집으로 돌아와서 내 딸이랑 손자를 만날 날을 손꼽아 기다리긴 했다. 그런데 쥐새끼들이 내 사업을 어떤 식으로 망쳐놓고 있는지 듣고 나니까 당장 샌프란시스코로 가야겠다 싶지 뭐냐."

토시는 아무 말도 하지 않았다. 내가 물었다. "상황이 얼마나 안 좋은데요?"

어머니가 말했다. "가망 없는 정도는 아니야. 몇몇 인간들은 엉덩이에 불을 붙이면 기꺼이 나가줄 거다. 나머지는 봉급을 조금 올려주면 기꺼이 남을 거고."

토시는 가만히 앉아 있기만 했다. 나는 대화를 이어나가느라 몇 가지 더 물었다.

어머니는 토시를 보더니 자리에서 일어섰다. "이제 그만 가봐야겠구나. 나중에 얘기하자."

토시는 작별인사 삼아 손을 살짝 흔들었고, 나는 어머니를 현관까지 배웅했다.

"어머니……" 내가 말했다.

"나도 안다, 아가. 너희 신랑이 나를 좋아하지 않는다는 거 나도 알아. 이해해. 너랑 가이한테 그렇게 잘해주지 않았다면 나도 마찬가지 심정이었을 거다. 걱정 마, 가까워질 수 있는 방법을 연구해볼 테니." 어머니는 내게 입을 맞추고 밖으로 나가서 계단을 내려갔다.

어머니가 집에서 성대한 파티를 열었다. 가이와 나는 참석했고, 토시는 다른 약속이 있다고 했다. 비비언 백스터 여사는 토시에게 잘해주려고 갖은 노력을 기울이고 있었지만, 그는 어머니가 어떤 대가를 치러가며 그런 노력을 기울이는지 전혀 알지 못했다.

나는 그 둘이 서로 좋아하지 않아도 신경쓰지 않기로 마음먹었고, 어머니가 그를 깍듯하게 대하는 것에 대해선 속으로 고맙게 생각했다. 가이는 학교생활을 잘하고 있었다.

메트로폴리탄 생명보험사 일로 월급은 생겼지만 재미는 없었다. 나는 시민문화회관에서 듣던 댄스 수업을 끊고 레코드점에 들르는 횟수도 줄였다. 일하고 장보고 음식을 만들고, 가이, 토시와 실내 게임을 하는 것이 나의 일상이었다. 그래도 기회만 있으면 몰래 교회에 나갔고, 어머니 시간이 될 때 그녀를 만났다.

그러던 어느 날 전화벨이 울렸다. 집에 있던 토시가 전화를 받았다. 그는 퉁명스러운 목소리로 "네, 네, 네" 하더니 전화를 끊었다. 그가 내 쪽으로 걸어오는데 얼굴에 불쾌한 기색이 역력했다. "당신 어머니 전화야." 그가 말했다. "우리를 데리고 바닷가에 가서 술 한잔 하고 싶으시대."

나는 "잘됐네"라고 대답했다가 그의 표정을 보고 그가 내 대답을 못마땅하게 여긴다는 걸 알아차렸다. 나는 분위기를 띄우기 위해 "재밌을 거야"라고 덧붙였다.

"우리 셋만 한 차로 갈 수 있게 가이는 로티 이모님 차에 태울 거래." 그가 말했다.

토시는 자신이 평가를 받는 자리라는 것을 알았고 그래서 마뜩잖아하는 게 분명했지만, 나로서는 예상했던 일이었다. 가이는 신이 나서 로티 이모의 차에 올라탔다. 밀크셰이크가 됐건 핫

도그가 됐건 먹고 싶다는 대로 사줄 것임을 알았기 때문이다.

어머니는 우리를 태우고, 바다표범들이 바위에서 미끄럼을 타는 바닷가가 내려다보이는 술집으로 향했다. 우리는 잔을 들어 서로 부딪쳤고, 잠시 후 어머니가 말했다. "너희 일에 끼어들고 싶지는 않지만, 나는 마야의 편이야." 어머니가 내 쪽을 보며 물었다. "애야, 왜 그렇게 불행해 보이는지 말해줄 수 있겠니?"

토시는 내가 불행하지 않다고 대답하길 기대하며 나를 보았지만, 곰곰이 생각해보니 나는 지난 몇 달 동안 늘 울고 싶은 기분이었다.

"내가 좋아하는 것들 대부분을 빼앗긴 채로 살아서 그래요." 내가 말했다.

"빼앗긴 거냐, 아니면 네가 포기한 거냐?"

토시가 방어조로 말했다. "당신, 넓은 부엌이 딸린 집에서 살고 싶다고 했고 지금 그런 집에서 살고 있잖아. 나는 당신한테는 착하고 믿음직한 남편, 가이한테는 그런 아버지가 되려고 애쓰고 있고. 뭐가 더 필요해?"

두 사람은 내 입에서 무슨 말이 나올지 기다렸다. 무미건조한 내 인생에 대해 생각하기 시작하니, 눈물을 참을 수가 없었다.

"친구가 없어요. 토시는 심지어 나와 이본의 관계까지 질투해요. 댄스 수업을 못 듣게 하고, 레코드점에 들르면 화를 내고, 가장 끔찍한 건 교회도 거짓말을 하고 가야 한다는 거예요."

어머니는 폭발했다. "뭐라고?"

내가 말했다. "일요일에 기회가 될 때마다 오빠네 집에 가서 교회 갈 옷으로 갈아입고 가까운 교회에서 예배를 드려요. 헌금함에 헌금하고, 가끔 정말 감동을 받으면 내 이름과 전화번호를 남기고요."

어머니는 냉소적인 웃음을 터뜨렸다. "그러니까 교회에 가려면 거짓말을 해야 한다고?"

"가는 줄 알고 있었어." 토시가 말했다.

"내 뒤를 밟은 거야?" 내가 물었다.

그는 아니라고 하고 덧붙였다. "어느 날 저녁에 당신이 문화회관에 갔을 때 전화를 받았어. 앤털로프 자매님을 바꿔달라고 하더군.

나는 그런 사람 없다고 했지.

그랬더니 그 사람이 이러는 거야. '마야 앤털로프 자매님 댁 아닌가요? 자매님이 지난주 일요일에 저희 교회에 등록하셔서 첫째 주 일요일에 크리스털 풀 플런지에서 세례식을 하려고 연락드린 거예요.'"

"나한테 얘기하지 않을 작정이었어?" 내가 물었다.

토시가 맞받아쳤다. "당신도 나한테 얘기하지 않을 작정이었나?"

어머니가 우리 둘을 보았다. "너희는 거짓을 기반으로 이루어진 관계니? 그 부분에 대해서 한번 생각해보는 게 좋겠구나. 잔비우자, 집까지 태워다줄 테니."

"그것 때문에 저희를 부르신 건가요?" 토시가 물었다.

"내가 집으로 돌아온 이후로, 마야는 늘 당장이라도 무너져내려 울음을 터뜨릴 것처럼 슬퍼 보였어. 이제 왜 그랬는지 알겠네."

"그래서 어떤 식으로 해결하실 거죠? 누구 엉덩이에 불을 붙이실 건가요?" 토시가 물었다.

"다 마셨나? 계산은 내가 하지." 어머니가 말했다.

"저희는 택시를 부르겠습니다." 토시가 말했다.

나는 자리에서 일어나 어머니를 따라가려 했지만 어머니가 말했다. "아니다, 아가. 남편이 하자는 대로 해. 하지만 네가 처한 입장에 대해서는 꼭 생각해보기 바란다."

나는 토시 옆에 앉은 채로 계산대를 향해 걸어가는 어머니의 모습을 바라보았다.

19

　어머니와 내가 식탁에 앉아서 같이 커피를 마시는데, 농구 경기를 보러 갔던 토시와 일곱 살 가이가 돌아왔다. 나는 일찌감치 저녁을 만들고 상을 차려놓은 터였다. 어머니는 약속이 있어서 같이 먹을 수 없다고 했다. 어머니는 토시와 가이에게 인사하고, 토요일에 우리를 데리고 나가서 저녁을 사주고 싶다고 했다. 보르스치*와 쇠고기 스트로가노프**를 파는 러시아 식당을 안다면서, 우리 셋 다 좋아할 거라고 했다.

---

* 비트를 넣어서 끓인 러시아식 수프.
** 고기와 야채를 볶아 시큼한 크림소스에 섞어 먹는 러시아식 스튜.

토시는 초대는 감사하지만 자신은 갈 수 없다고 했다. 가고 싶
지 않은 말투였다. 어머니는 무뚝뚝하게 "알았네"라고만 대답했
다. 그러고 나서 나와 가이에게 입을 맞추고 갔다.

"토시, 저녁 먹으러 왜 못 간다는 거야? 뭐하려고?" 내가 물
었다.

"우리, 당신 어머니를 너무 자주 만나는 거 같아."

나는 아무 대꾸도 하지 않았다. 가이 앞에서 옥신각신하고 싶
지 않았기 때문이었는데, 그게 전부는 아니었다. 사실은 뭐라고
하면 좋을지 알 수가 없었다.

가이와 나는 러시아 식당으로 저녁을 먹으러 갔다. 어머니는
토시 이야기를 전혀 꺼내지 않았지만 그가 없으니 그의 존재가
더 또렷하게 느껴졌다.

"아빠는 저녁 먹으러 왜 안 왔어요?" 가이가 물었다.

어머니는 아이와 나를 번갈아 보더니 물었다. "언제부터 토시
가 가이 아빠가 됐니?"

"둘이 그렇게 부르기로 했대요." 내가 대답했다.

"그렇구나." (못마땅하다는 뜻이었다.)

서쪽 하늘로 저무는 태양처럼, 내 결혼생활을 비추던 빛이 점
차 스러져갔다. 처음에는 티가 나지 않는 수준이었고, 그러다 티

는 나지만 걱정스럽지는 않은 정도가 되었다. 그러더니 눈 깜짝할 사이 빛이 어둠으로 덮여 사라져버렸다. 남편과의 스킨십이나 복잡한 요리에 대한 관심이 사라지자 나는 내가 결혼생활에 흥미를 잃었음을 알아차렸다. 음악마저 기분을 북돋울 수 없는 지경에 이르자, 원하는 것을 가지지 못했다는 걸 시인할 수밖에 없었다. 내가 원하는 건 아들과 둘이서 지낼 수 있는 아파트였다.

친구들, 댄스 수업, 하느님과 예수님을 자유롭게 언급할 수 있는 권리, 격렬한 말싸움을 벌이지 않아도 지킬 수 있는 신앙생활이 그립다고 토로하자 토시는 날 이해한다고 했다. 나는 그로 인해 내 기본적인 신념에 대해 변론을 늘어놓게 되는 상황이 싫었다.

토시가 나와의 이별을 어찌나 침착하게 받아들이던지 그도 나만큼 우리의 결혼생활이 끝난 것을 다행스러워하는 게 아닐까 싶었다.

가이는 우리 둘이 갈라선다는 데에 엄청난 충격을 받았고 나를 원망했다. 아이의 분노는 그뒤로도 약 일 년 동안 풀리지 않았고, 난 우리 결혼생활의 수명이 다했다는 걸 어떤 식으로 설명하면 좋을지 알지 못했다. 베일리 오빠는 내가 결혼생활이라는 안전망을 왜 벗어나려 하는지 이해하지 못했다.

오빠는 내가 어떻게 했어야 했는지 안다고 생각했다. "넌 그
냥 토시의 친구들을 네 친구로 만들든지, 아니면 사람들을 네 생
활 반경 안으로 끌어들여서 그들이 원래는 자기 친구였다고 토
시가 착각하도록 해야 했어."

그건 내가 동원할 수 있는 해결책이 아니었다.

가이는 계속 심란해했다. 결혼한 부모가 이혼하면 아이의 인
생 전반이 고통으로 얼룩질 수 있다. 태어나자마자 아버지 없이
사 년을 지내다 처음으로 아버지가 생긴 아이에게, 그 결혼생활
이 삼 년 만에 끝나버렸을 때 이혼은 일종의 참사가 된다. 가이
는 그 어린 나이에 이제 드디어 다른 친구들과 똑같아졌다고 생
각했다. 이제 드디어 같은 집에 사는 어머니와 아버지가 생겼다
고. 이제 드디어 큰 소리로 "아빠" 하고 부르면 대답해줄 사람이
생겼다고.

헤어진 후 가이와 나는 방 두 개짜리 조그만 아파트로 옮겼다.
가이가 잠들기 직전까지 어찌나 자주, 어찌나 서럽게 울던지 나
도 내 방에서 혼자 눈물을 흘리곤 했다.

나는 이런 상황을 어머니에게 알렸다. 어머니는 그러게 내가
잘 안 될 거라고 하지 않았느냐고 단 한 번도 말한 적이 없는 분
이었다.

"정상적인 반응이야." 어머니가 말했다. "괴로운 일이긴 하지만, 토시가 네 이성을 마비시키도록 내버려두었더라면 어떻게 됐을지 상상해봐라. 그랬더라면 가이는 어머니라는 가장 필요한 존재를 잃어버렸을 거다. 너는 너를 생각해서 너를 지켜야 하고, 가이를 생각해서 그 아이의 엄마를 지켜야 해."

나는 일자리를 구하고, 다시 댄스 수업을 나가기 시작하고, 멜로즈 레코드점과 다시 친분을 다졌다. 여전히 내 인생은 불안했고, 나는 여전히 균형을 찾아 헤매고 있었다.

20

나인나는 내가 댄스 수업에서 만난 스트립 댄서였다. 그녀는 내게 전문 댄서가 되고 싶다고 했다. 그날을 고대하며 나이트클럽에서 스트립 댄서로 일주일에 300달러씩 벌었다. 나인나는 내 결혼생활이 끝났고 내가 일자리를 구하고 있다는 소식을 듣더니 자기가 일하는 클럽에 나와보지 않겠느냐고 했다. 나는 본뉘 나이트클럽의 어두컴컴한 뒤편에 앉아서, 여자들이 한 명씩 차례대로 등장해 옷을 하나씩 벗고 엉덩이와 젖가슴을 도발적으로 흔들며 무대를 가로지르는 광경을 지켜보았다. 그들은 브래지어까지 벗어 스팽글로 가린 젖꼭지만 남은 다음에야 멈추었다. 그런 채로 스팽글로 장식된 T팬티를 손으로 쓰다듬었다. 그런 다

음 대부분 남성으로 이루어진 왁자지껄한 관객들에게 인사하고 무대에서 내려왔다.

내게 스트립 댄스는 식은 죽 먹기나 다름없었기에 그 자리에서 딱 잘라 거절하지는 말자고 생각했다. 스트립 댄서로 알려지는 것은 원하는 바가 아니었지만, 주급 300달러의 유혹에 구미가 당기기는 했다. 나는 어머니에게 전화를 걸어 내가 처한 딜레마를 이야기했다.

어머니가 새집으로 찾아와서 말했다. "내가 의상을 만들어줄 테니까 너는 안무를 짜라. 술탄의 아내 셰에라자드* 같은 인물을 주제로 삼으면 듀크 엘링턴의 〈나이트 인 모로코〉 같은 음악을 쓸 수 있지 않겠니? 옷을 안 벗을 참이면 맨살이 거의 다 드러날 정도로 노출이 심한 의상을 입어야 해. 그래야 관객들을 만족시킬 수 있으니까. 그리고 또 한 가지. 무대 위에서 옷을 벗으면서 포즈를 잡으면 안 된다. 계속 춤을 춰야지."

어머니와 나는 무대의상 전문점에 가서 T팬티와 속이 비치는 브래지어를 샀다. 깃털, 스팽글, 막대 비즈도 샀다. 어머니의 바

---

* 불륜을 저지른 첫 아내에 대한 복수로 연거푸 새 신부를 맞아 곧바로 처형하던 페르시아 왕과 결혼한 뒤 천 일 밤 동안 이야기를 들려주며 화를 면했다는 전설 속의 인물.

느질 솜씨는 나보다 아주 조금 나은 수준이었다. 우리는 스팽글, 비즈, 깃털을 T팬티와 브래지어에 빼곡히 꿰매어 붙였다.

문화회관 댄스 수업 때 콩가 드럼을 치는 로이도 섭외해놓았다. 그러고는 본뉘 댄스 클럽에서 관객을 맞을 준비를 했다. 무대 뒤에서 옷을 벗고 맥스 팩터의 바디 메이크업 9호를 온몸에 발랐다. 몸에 흉터가 있는 건 아니었지만, 그걸 발랐더니 배우가 된 듯한 기분이 들었다. 그런 다음 노출이 심한 의상을 입었다. 무대 위 스툴에 앉아 있던 로이에게 신호를 보내자 그가 콩가 드럼을 두드리기 시작했다.

맨발에 거의 알몸인 나는 "카라반!" 하고 외치며 무대로 나갔다. 육감적이고 관능적으로 천천히 몸을 흔들기 시작했다. 음악에 몸을 맡기고 무대를 누볐다. 그러다 속도를 높여 좀더 빠르게 움직였다. 다시 "카라반!" 하고 외치고 나는 점점 빠르게 엉덩이와 어깨를 흔들고 몸을 털고 떨었다. 그러다 동작을 늦추었다. 이런 식으로 약 십 분을 추고 난 다음 다시 속도를 늦춰 느리고 관능적인 몸짓으로 돌아갔다. 그런 다음 큰 소리로 "카라반"이라고 속삭인 뒤 무대에서 내려왔다.

사장이 나를 채용하며 물었다. "이름이 뭐지?"

"리타요. 춤추는 세뇨리타." 내가 대답했다.

결과를 알리자 어머니는 기뻐했다. "당연한 결과지. 네가 용감하게 모든 걸 걸었기 때문에 여기까지 올 수 있었던 거야. 앞으로도 그래야 한다. 너는 네가 아는 한도 내에서 최선을 다할 준비가 되어 있잖니. 최선을 다했는데도 실패하면 다시 한번 도전하면 되는 거야."

샌프란시스코의 몇몇 유명한 칼럼니스트들이 내 본뉘 댄스 클럽 공연을 기사로 다루었다. 그들의 기사를 통해 내 고객 응대 전략이 공개됐다. 스트립 댄서의 임무는 고객들을 꼬드겨 그들이 주문하는 게 진짜 술인 양 얻어 마시는 것이었다. 하지만 나는 고객들에게, 술을 한 잔 사주면 탄산수나 진저에일이 나오고 그 금액 일부가 내 몫으로 떨어지지만, 한 병에 20달러짜리 싸구려 샴페인을 사주면 내가 한 병당 5달러를 받을 수 있다고 말했다. 한 칼럼니스트는 내가 또다른 점에서 독특한데, 그건 진짜로 춤을 출 줄 아는 것이라고 덧붙였다.

본뉘 댄스 클럽을 찾는 샌프란시스코 사람들이 늘기 시작했다. 그들은 내가 출연하는 십오 분 동안 그곳을 가득 메우고 내게 술을 사겠다고 했다. 싸구려 샴페인을 주문했고 다른 스트립 댄서들은 찬밥 취급했다. 나는 교양이 넘치거나 처세술이 좋지 못해서 똑똑하다는 인상을 풍길 재간은 없었다. 그런데 단골들 중에 꼭 여러 남자와 함께 오는 여자가 있었다. 긴 금발에 파이프 담배를 피우는 여자였다. 말투는 틸룰라 뱅크헤드*와 비슷하지 않을까 싶었고, 같이 오는 남자들은 캐주얼하지만 비싼 옷을 입었다.

그들은 재치 넘쳤고 편안하게 대화를 나눌 수 있는 상대였다. 그들이 나를 농담의 소재로 삼은 건 사실이지만, 그들 스스로 자신들을 농담의 소재로 삼기도 했다. 그들은 쉬는 날 놀러오라며 자기들이 운영하는 클럽인 퍼플 어니언으로 나를 초대했다. 일행 중 파이프 담배를 피우는 금발의 저리 리머스가 그곳의 주인공이었다.

나는 일곱 살짜리 아들이 있어서 쉬는 날은 아이와 함께 보낸다고 말했다. 사장단 중에서 배리 드루와 돈 커리, 두 사람이 아들을 데리고 와도 된다고 했다. 가이를 데리고 갔더니 우리를 구석 자리에 앉혀주었다. 나는 매주 그곳에 놀러가기 시작했다. 근사한 식당에서 가이와 저녁을 먹고 퍼플 어니언에서 공연을 본 다음 집으로 돌아갔다.

---

* 브로드웨이의 대모로 불리는 미국의 연극배우. 저음의 목소리로 유명했다.

샌프란시스코는 훗날 세계적으로 유명해진 연예인들이 모이는 중심지였다. 모트 살, 바브라 스트라이샌드, 필리스 딜러, 킹스턴 트리오, 조시 화이트, 케티 레스터, 오데타 같은 사람들이 가수와 코미디언들로 가득한 자유분방한 분위기의 나이트클럽으로 왔다.

어느 저녁 배리 드루의 집으로 초대를 받았을 때 포크 가수들을 두고 빈정대는 심각한 분위기의 대화가 이어졌다.

나는 그들에게 칼립소 음악*을 들어봤느냐고, 들어봤다면 칼립소 역시 일종의 포크 음악인 걸 아느냐고 물었다. 블루스, 흑인영가, 복음성가도 전부 다 포크 음악이라고 일깨워주었다. 아는 칼립소 노래 몇 소절을 불렀더니 그들이 박수를 쳤다.

"그런 노래, 몇 곡이나 알아요?" 저리가 물었다.

"아주 많이요." 내가 대답했다.

저리가 배리에게 물었다. "내가 지금 무슨 생각 하는지 알아?"

돈과 배리, 그리고 나머지 모두가 일제히 외쳤다. "당신이 뉴욕으로 떠나면 퍼플 어니언의 당신 자리를 맡을 사람은 마야라는 거!"

---

* 카리브 해 지역의 음악.

그들은 엄청난 성공을 거머쥘 수 있을 거라며 내게 데뷔 무대를 준비하라고 했다.

나는 어머니와 의논했다.

어머니는 노래를 부르는 것에 대해 어떻게 생각하느냐고 물었다.

나는 떨린다고, 노래라고는 교회에서 불러본 것밖에 없다고 솔직히 고백했다.

어머니는 기대에 못 미치면 내가 어떻게 되느냐고 물었다.

"잘리겠죠."

어머니가 말했다. "네가 햇병아리는 아니잖니. 지난번 거기도 일자리를 찾으러 나서니까 떡하니 취직이 됐고, 정 안 되면 계속 교회에서 노래를 부르면 되잖니?"

친구들은 로이드 클라크라는 코치를 영입해 선곡과 안무를 맡겼다. 나는 삼인조 밴드와 리허설을 하는 내내 가이를 데리고 다녔다. 그리고 본뉘 댄스 클럽에서 벨리 댄스를 추기 시작한 지 넉 달 만에 퍼플 어니언에서 주인공으로 칼립소 노래를 부르게 됐다. 주급은 300달러에서 750달러로 뛰었다.

퍼플 어니언 측에서는 쿠바에서 태어난 와투시족, 마야 안젤

루가 칼립소 노래를 부른다고 홍보했다. 어머니는 눈물이 나도록 웃었다. 어머니는 와투시족을 만난 적도 없고 쿠바에도 간 적도 없지만 내가 당신 딸인 것만큼은 보장한다고 했다.

"진짜야. 네가 태어나는 현장에 내가 있었으니까."

첫 공연이 있던 날, 어머니와 로티 이모, 오빠, 이본, 새로 사귄 몇몇 친구들이 가이와 함께 자리를 지켰다. 나는 안절부절못했다. 의상은 어머니와 함께 직접 디자인해서 어머니 친구에게 제작을 맡겼다.

예전에 토시가 그의 이름은 원래 에니스타시우 안젤로풀로스이고, 그리스에서는 이름을 짧게 줄일 때 남자들은 끝에 '오스'를, 여자들은 '우'를 붙인다고 했다. 비록 토시와 헤어지긴 했지만, 안젤루라는 이름이 마음에 들었기 때문에 나는 이름을 바꾸지 않았다.

퍼플 어니언은 만석이었다. 배리 드루가 특유의 호들갑스러운 목소리로 외쳤다. "이제 쿠바의 아바나에서 건너온 마야 안젤루 양이 칼립소를 부르겠습니다."

나는 바닥까지 내려오는 이국적인 원피스를 입고 맨발로 걸어나가 〈Run Joe〉를 불렀다. 딱 두 소절 불렀을 때 뒤편에 앉아 있던 아들 녀석이 음정도 안 맞는 소리로 크게 따라 부르기 시작했

다. 어머니, 오빠, 이본, 배리, 돈이 다 같이 아이에게 달려들었
다. 어머니는 손으로 아이의 입을 막았다. 관객들이 웃음을 터뜨
렸고 나도 웃었다. 나는 악단에게 처음부터 다시 시작해달라고
했다.

어머니는 대놓고 자랑스러워하며 여성 엘크스 협회와 '동방의
별단(아프리카계 미국인들의 비밀 여성 조직)' 회원들을 데리고
왔다. 함께 근무했던 상선 승무원들도 데리고 왔는데, 그들은 내
가 리나 혼이나 펄 베일리라도 되는 것처럼 호들갑을 떨었다.

어머니가 말했다. "이제 너는 세상 구경을 할 테고, 세상 사람
들 앞에서 네 재주를 선보이게 될 거야." 어머니는 자신의 재담
에 웃었고, 나는 내 미래를 상상하며 웃었다.

21

〈포기와 베스〉* 제작자가 내게 전화해 그 오페라의 배역을 제
안했다. 스포팅 라이프의 여자친구인 루비 역이 비었는데, 노래
와 춤이 가능한 내게 그 역할을 맡기고 싶다고 했다. 나는 어머
니에게 전화해 그의 제안을 전했다. 문제는 그들이 유럽 순회공
연을 준비하고 있다는 것이었다. 가고 싶었지만, 가이를 두고 떠
나고 싶지는 않았다.

"유럽을 구경할 수 있는 그런 기회를 차버리면 안 되지. 가이

---

* 미국의 작곡가 조지 거슈윈의 오페라. 아프리카계 미국인들의 삶을 사실적으로
그렸다.

는 로티 이모하고 내가 돌보마."

하지만 내가 자길 두고 떠났다고 가이가 오해할까봐 걱정이
됐다.

어머니는 나더러 조만간 아들 곁을 떠나야 한다고, 아이를 계
속 끼고 있을 수는 없다고 했다. 적어도 이번만큼은 믿을 만한
사람에게 맡기고 떠나는 셈이었다.

나는 식탁에 가이를 앉히고 엄마가 몇 달 동안 멀리 가 있을
거라 할머니, 로티 이모와 함께 지내야 하지만, 필요한 건 뭐든
살 수 있게 매주 돈을 보내줄 거라고 설명했다. 그러고는 남자답
게 씩씩하게 지내야 한다고 했다.

그로부터 몇 주 뒤, 내가 택시 기사에게 짐을 건네는 동안 우
리 둘 다 눈물을 삼켰다. 나는 문 앞에서 가이를 끌어안았다. 그
러자 아이가 울음을 터뜨렸다. 벌써부터 엄마가 그리워졌던 것
이다.

나는 제일 좋은 옷이 담긴 가방과 일 년 동안 가시지 않을 죄
책감을 안고 뉴욕행 비행기에 탑승했다.

〈포기와 베스〉는 오페라계에서 최정상으로 손꼽히는 아프리
카계 미국인으로 이루어진 출연진을 자랑했다. 내가 합류했을

때 이미 레온타인 프라이스, 윌리엄 워필드, 캡 캘러웨이가 출연하기로 한 상태였다. 그 육 개월 동안 나는 친구처럼 지내게 된 출연진들을 통해 그때껏 내가 음악에 대해 배운 것보다 더 많은 것들을 배웠다. 프랑스어와 스페인어를 자유자재로 구사할 수 있게 됐고, 오페라가 끝나면 매일 저녁 유럽의 나이트클럽에서 노래를 불렀다. 낮에는 파리에서, 이스라엘 텔아비브의 하비마 극장에서, 그리고 이탈리아의 로마 오페라하우스에서 춤을 가르쳤다.

즐거운 생활이었지만 자책감 때문에 정신적으로 상처를 입기도 했다. 연극계에서의 입지를 탄탄히 다지긴 했지만, 샌프란시스코에 있는 가이와 통화할 때마다 매번 함께 흐느끼며 전화를 끊곤 했다.

내가 그만큼 보고 싶어하는데, 가이가 나를 보고 싶어하는 마음은 그보다 더 클 게 분명했다. 나는 어른이라 곧 다시 만난다는 걸 알았지만, 아이는 두 번 다시 엄마를 못 만날지 모른다고 생각하는 때도 있었을 것이다. 아칸소에서 엄마 없이 지낸 세월이 있었기에 부모가 없으면 아이의 상실감이 얼마나 큰지 나는 잘 알았다.

〈포기와 베스〉 공연에 합류하러 갈 땐 비행기를 탔는데 돌아갈 때는 죄책감 때문에 비행기를 타기가 두려웠다. 비행기가 추락이라도 하면, 내 아들은 자라는 내내 "나는 어머니가 어떤 분인지 전혀 알 수 없었어요. 연예인이셨거든요"라고 말할 것이었다.

나는 나폴리에서 뉴욕까지는 배를(아흐레가 걸렸다), 뉴욕에서 샌프란시스코까지는 기차를 타고 가서(사흘 밤, 사흘 낮이 걸렸다) 마침내 풀턴 스트리트에 도착했다. 우리의 재회는 러시아 소설에 나오는 극적인 장면보다 더 요란했다. 나는 가이를 두 팔로 감싸안았고, 아이는 내 가슴에 대고 흐느껴 울었다.

"두 번 다시 네 곁을 떠나지 않겠다고 맹세할게. 언제, 어딜 가든 엄마는 너랑 같이 갈 거야. 그게 아니라면 가지 않을 거야."

아이는 내 품 안에서 잠들었다. 나는 아이를 안아서 침대에 눕혔다.

22

어머니의 대저택 꼭대기 층에서 지낸 지 일주일이 지났을 때 또다시 불안감이 나를 엄습했다. 인종차별이 존재하는 세상에서 흑인 아이를 행복하게 키우기란 불가능한 정도는 아니어도 쉽지 않은 일이었다. 어느 날 오후에 내가 위층 소파에 누워 있는데 가이가 들어왔다. "안녕, 엄마." 가이를 보는데, 불현듯 아이를 안고 창밖으로 뛰어내리고 싶은 충동이 일었다. 나는 큰 소리로 외쳤다. "나가. 당장 나가. 지금 당장 밖으로 나가. 마당으로 가서 엄마가 불러도 절대 들어오지 마."

나는 콜택시를 부르고, 계단을 내려가서 가이를 보며 말했다. "이제 집안으로 들어가서 엄마가 돌아올 때까지 거기 가만히 있어." 나는 택시 기사에게 랭글리 포터 정신병원으로 가자고 했다. 병원에 들어갔더니 안내데스크 직원이 예약을 했느냐고 물었다. "아뇨." 그러자 그녀가 안타까워하는 표정으로 말했다. "예약이 안 돼 있으면 진찰을 받을 수가 없는데요." 내가 말했다. "아무한테라도 당장 진찰을 받아야 해요. 안 그러면 나도 다치고, 어쩌면 다른 사람도 다칠지 몰라요."

안내데스크 직원이 수화기에 대고 다급한 목소리로 뭐라 하더니 내게 말했다. "샐시 선생님 방으로 가세요. 복도를 따라가다 오른쪽, C라고 적힌 방이에요." C라고 적힌 방문을 여는 순간 희망이 무너졌다. 책상 저편에는 젊은 백인 남자가 앉아 있었다. 그는 고급 양복과 버튼다운 셔츠를 입고 있었고, 자신 있고 차분한 표정이었다. 그는 나에게 책상 앞 의자에 앉으라고 했다. 의자에 앉아서 다시 한번 그를 쳐다보다 나는 그만 울음을 터뜨렸다. 특권층에 속하는 이 젊은 백인 남자가 어린 흑인 아들을 남의 손에 맡겼다는 죄책감 때문에 괴로워하는 흑인 여자의 심정을 무슨 수로 이해한단 말인가? 고개를 들고 그를 쳐다볼 때마다 눈물이 두 뺨 위로 흘러내렸다. 그때마다 그는 왜 그러느냐고, 어떻게 해드리면 되겠느냐고 물었다. 나는 어찌할 수 없는 내 상황 때문에 미칠 것 같았다. 마침내 나는 마음을 가라앉히고 자리에서 일어나 고맙다고 인사하고 밖으로 나왔다. 안내데스크 직원에게도 고맙다고 인사하고 콜택시를 불러달라고 했다.

나는 곧장 성악을 가르쳐준 선생님을 찾아갔다. 그는 나의 멘토이자 내가 오빠 말고 유일하게 마음을 터놓고 이야기할 수 있는 상대였다. 계단을 올라 프레더릭 윌커슨 연습실로 들어가니 한 학생이 연습하는 소리가 들렸다. 윌키라고 불리던 선생님은 나더러 방에 들어가 있으라고 했다. "마실 거 한잔 주마." 그는 학생을 내버려둔 채 스카치를 한 잔 들고 왔고, 그 당시 술을 마시지 않던 나였지만 나는 단숨에 잔을 비웠다. 그리고 술기운에 잠이 들었다. 눈을 떠보니 연습실에 도착했을 때 들렸던 목소리는 더이상 들리지 않았다.

"무슨 일이냐?" 선생님이 물었다.

나는 아무래도 내가 미쳐가고 있는 것 같다고 대답했다.

선생님은 다시 물었다. "무슨 일이냐니까?" 나는 내 말을 귀담아듣지 않는 선생님에게 화가 났다. "오늘 자살하고 가이도 죽일 생각을 했어요. 제가 미쳐가고 있다니까요."

"이 테이블로 와서 앉거라. 여기 공책이랑 볼펜이 있으니 네가 어떤 축복을 받았는지 적어봐." 선생님이 말했다.

"선생님, 그런 이야기는 하고 싶지 않아요. 저는 지금 미쳐가고 있다니까요?"

선생님이 말했다. "그럼 일단 적으라고 말하는 내 목소리를 들을 수 있다고 써라. 그리고 합창도, 교향곡도, 자기 아이의 울음소리도 듣지 못하는 이 세상의 수많은 사람들을 생각해. 자, 이렇게 적어. '나는 들을 수 있다. 하느님, 감사합니다.' 그다음에는 이 공책을 볼 수 있다고 적어라. 그리고 폭포도, 꽃이 피는 것도, 연인의 얼굴도 보지 못하는 이 세상의 수많은 사람들을 생각해. 이렇게 적으렴. '나는 볼 수 있다. 하느님, 감사합니다.' 그다음엔 글을 읽을 수 있다고 적어라. 오늘의 뉴스도, 고향에서 온 편지도, 번잡한 길거리에 달린 정지 신호도 읽지 못하는 이 세상의 수많은 사람들을 생각하면서……"

나는 선생님의 지시에 따랐다. 그러자 공책 첫 장의 마지막 줄에 다다랐을 때쯤 광기의 원인이 닿았다.

나는 펜을 집어서 적기 시작했다.

나는 들을 수 있다.
나는 말할 수 있다.
나에게는 아들이 있다.
나에게는 어머니가 있다.

나에게는 오빠가 있다.

나는 춤을 출 수 있다.

나는 노래를 부를 수 있다.

나는 요리를 할 수 있다.

나는 글을 읽을 수 있다.

나는 글을 쓸 수 있다.

첫 장 마지막 줄에 다다르자 스스로가 한심하게 느껴지기 시작했다. 나는 살아 있고 건강했다. 도대체 뭐가 불만이란 말인가? 나는 로마에서 지내는 두 달 동안 아들 곁에 있으면 소원이 없겠다고 생각했다. 지금은 원하면 언제든 아들 녀석을 끌어안고 입을 맞출 수 있었다. 그런데 도대체 뭐가 모자라서 우는소리를 하고 있었을까?

선생님이 말했다. "이제 이렇게 적어봐. '나는 축복받은 사람입니다. 그래서 감사합니다.'"

그 훈련을 받은 이후로 내 인생이라는 배는 잔잔한 바다를 항해하기도 하고 그렇지 않을 때도 있었다. 간단치 않은 나날들이 밝고 환하게 빛날 때도 있고 그렇지 않을 때도 있었다. 하지만 그날의 만남 이후로 사나운 낮이건 화창한 낮이건, 유쾌한 밤이

건 외로운 밤이건, 나는 감사하는 마음을 잃지 않는다. 비관적인 생각들이 내 머릿속을 점령하려 들 때면 항상 내일이 있음을 기억한다. 오늘 나는 축복받은 사람이다.

23

로스앤젤레스에서 살 때 나는 코스모스 앨리라는 나이트클럽에서 노래를 불렀다. 그리고 그곳에서 위대한 시인 랭스턴 휴스와 소설가 존 킬런스를 만났다. 나는 그들에게 시를 쓴다고 밝히고 작가가 되고 싶다고 말했다. "뉴욕으로 오지 그래요?" 존 킬런스가 묻고는 이렇게 덧붙였다. "정말로 재능이 있는지 와서 알아봐요."

나는 그의 초대를 진지하게 고민했다.

이런 생각이 들었다. 아들 녀석도 이제 열여섯 살이잖아. 그냥 같이 뉴욕으로 가면 돼. 멋질 거야. 그리고 난 작가가 될 수 있을 테고. 나는 내가 말만 하면 뭐든 이루어진다고 생각할 만큼 젊고 어리석었다.

어머니에게 전화했다. "저 뉴욕에 가려고요. 베이커즈필드나 프레즈노에서 만나요. 캘리포니아를 떠나기 전에 어머니랑 잠깐 만났으면 좋겠어요."

어머니가 말했다. "오, 아가, 나도 만나고 싶구나. 난 바다로 떠날 거거든."

"무슨 구경을 하시려고요?"

"선원이 되려고."

내가 물었다. "왜요, 어머니?" 어머니는 공인중개사 자격증도 있었고, 전직 간호사였고, 도박장과 호텔을 소유하고 있었다. "왜 바다로 나가고 싶으신 거예요?"

"여자는 조합원으로 받아주지 않을 거라고 그러지 뭐냐. 흑인 여자는 절대 안 된다나? 그래서 내가 말했지. '내기할래요?' 그들 문틈에 발을 넣고 엉덩이까지 들이밀 거다. 모든 여자들이 조합에 가입하고, 배를 타고 바다로 나설 수 있을 때까지 말이야."

나는 어머니가 장담한 그대로일 것임을 전혀 의심하지 않았다. 며칠 뒤 우리는 얼마 전에 모든 인종에게 문을 개방한, 캘리포니아 프레즈노의 한 호텔에서 만났다. 어머니와 나는 주차장에 거의 동시에 들어섰다. 내가 여행가방을 들고 온 걸 보고 어머니가 말했다. "그거 내려놔, 내 차 옆에. 거기 내려놔. 이제 들어가자."

우리는 로비로 들어갔다. 새롭게 모든 인종에게 문호를 개방한 호텔이었지만, 그럼에도 불구하고 흑인 여자 둘이 걸어들어오는 것을 본 직원들의 눈은 말 그대로 휘둥그레졌다. 어머니가 물었다. "벨맨 어디 있죠?" 누군가가 다가왔고, 어머니가 말했다. "밖에 세워둔 까만색 도지 옆에 내 딸 가방하고 내 가방이 있어요. 그걸 들고 와줘요." 나는 프런트데스크로 걸어가 직원에게 말을 거는 어머니의 뒤를 졸졸 따라갔다. "나는 잭슨 부인이고 이쪽은 내 딸, 존슨 양이에요. 우리 둘 이름으로 객실을 예약했는데요."

직원은 숲에서 튀어나온 야생동물 대하듯 우리를 쳐다보았다. 장부를 확인한 직원이 정말로 우리 이름으로 된 예약을 찾았다. 어머니는 그가 건넨 열쇠를 받아들고는, 우리 가방을 든 벨맨을 따라 엘리베이터 쪽으로 걸어갔다.

윗층에 다다라 어느 문 앞에서 걸음을 멈추었을 때 어머니가 말했다. "내 짐하고 내 딸 짐은 여기 두고 가도록 해요." 그러고는 벨맨에게 팁을 주었다.

어머니가 가방을 열자 옷가지 맨 위에 38구경 리볼버가 놓여 있었다. 어머니는 말했다. "호텔측에서 인종 통합을 받아들일 준비가 안 돼 있으면 본때를 보여줄 참이었다. 얘야, 맞닥뜨리게 될 모든 상황에 대비하는 자세를 길러야 해. 틀렸다고 생각하는 일은 아무것도 하지 마. 옳다고 생각하는 일만 하고, 거기에 네 목숨을 걸 태세를 갖춰라. 네 입으로 한 이야기는 뭐든 다시 한번 반복할 수 있어야 해. 그러니까 한 번은 네 방 벽장 안에서, 또 한 번은 시청 앞 계단에서 말할 수 있어야 한다는 거야. 이십 분 동안 모은 청중 앞에서 말이다. 뉴스감이 되려고 그래선 안 된다. 너와 네 이름은 떼려야 뗄 수 없는 관계고, 언제나 네 이름을 지킬 준비가 되어 있음을 알리려는 게 목적이 되어야 해. 안 좋은 상황이 닥칠 때마다 폭력을 쓰겠다는 협박으로 해결할 수 있는 건 아니란다. 네 머리로 해결책을 생각해낼 수 있을 거라 믿고, 그런 다음 용감하게 그 해결책을 밀어붙이면 되는 거야."

"뉴욕에서 살아남을 수 있으면 어디에서든 살아남을 수 있다"는 말 속에는 험난한 길에 대한 경고가 담겨 있지만, 나도 아들도 주눅 들지 않았다. 우리가 이사한 곳은 맨해튼이 아니라 브루클린이었다. 브루클린에 방 두 개짜리 집을 구하고 가이를 근처 고등학교에 보냈다. 나는 맨해튼의 나이트클럽에서 노래를 불렀

고, 가이는 브루클린의 어느 빵집에서 방과후 아르바이트 자리를 구했다. 아들은 봉급의 일부와 가게에서 받은 빵의 일부를 내게 주었고, 우리는 호사스럽게 지냈다. 나는 애비 링컨, 맥스 로치와 함께 곡을 쓰기 시작했고, 할렘 작가협회에 가입했다.

호위병들이 넘쳐났고 다들 만족스러웠다. 하지만 가이의 눈에 허튼 엄마로 보이지 않도록 어느 누구도 우리집에서 재우지 않았다. 만약 친구네 집에서 자더라도 날이 밝기 전에 항상 집으로 돌아왔다. 할렘 작가협회 회원들의 응원과 지도 덕분에 글 쓰는 법도 조금씩 배워나갈 수 있었다.

브루클린에서 산 지 일 년이 지나자 뉴욕과 정면으로 부딪칠 준비가 됐다는 생각이 들었다. 센트럴파크 웨스트의 아파트 한 채가 매물로 나와 임대계약을 맺었다. 가이와 나와 몇몇 친구들은 이사용 밴에 가구를 싣고 결코 잠들지 않는 도시의 심장부로 옮겼다. 내가 일단 뉴욕에 자리를 잡자 어머니가 찾아왔다. 나는 어머니를 위해 저녁을 준비했다. 어머니는 내 아파트와 친구들을 마음에 들어했다. 그리고 가이의 학교에 찾아가 교장을 만나고는 아이가 적당한 시기에 적당한 학교를 찾았다며 흡족해

했다.

빌 모이어스가 진행하는 TV 프로그램에 내가 출연한 이후에, 나와 로자 가이*, 우리 어머니는 롱아일랜드에 있는 그의 집에서 열린 파티에 초대됐다. 어머니와 나는 아파트 앞으로 우리를 데리러 온 리무진에 올라탔다. 우리는 이미 타고 있던 승객과 인사를 나누었다. 그는 모이어스의 방송 프로그램을 제작하는 직원이었다. 리무진은 리버사이드 드라이브에 있는 로자 가이의 집으로 향했다. 한때 우아함을 자랑했을 건물은 이제 마약 매매업자들이 점령한 아파트를 마주하고 있었고, 화려했던 로비도 빛을 잃은 채였다. 카펫과 소파는 도둑맞았고 우편함은 파손되어 있었다.

리무진이 건물 앞에 멈추어 서자 어머니가 물었다. "로자가 몇 호에 살지? 내가 가서 데리고 오마." 그러고는 동행한 직원에게 같이 가자고 했다.

"아니에요, 어머니. 제가 갈게요. 어머니는 여기 계세요." 내가 말했다.

그러자 어머니가 딱 잘라 말했다. "아니다, 아니야, 내가 갈

---

* 주로 가족 이야기를 소재로 글을 쓴 흑인 여성 작가.

거야. 내가 가겠다고 했잖니." 그러고는 내 옆에 앉은 남자에게
다시 한번 말했다. "같이 갑시다."

그는 할렘의 음산한 아파트보다 우리 어머니를 더 무서워하지
않았을까 싶다. 두 사람은 허름한 로비로 들어가 엘리베이터를
찾았다. 엘리베이터를 타고 어머니가 6층 버튼을 눌렀지만, 엘
리베이터는 지하로 내려갔다. 문이 열렸고, 한 남자가 엘리베이
터에 들어서더니 아담한 흑인 여자와 아담한 백인 남자를 보고
물었다. "어디까지 가십니까?"

어머니는 핸드백을 토닥이며 대답했다. "나는 갈 데까지 갈
거예요. 갈 데까지 가보려고 여기 왔으니까. 그쪽은 어디까지 가
는데요?"

남자는 1층에서 내렸다.

24

〈포기와 베스〉가 영화로 만들어지게 됐다. 다이앤 캐럴이 베스, 시드니 포이티어가 포기였다.

감독을 맡은 오토 프레민저는 내 키가 183센티미터, 스포팅 라이프 역을 맡은 새미 데이비스 2세의 키가 160센티미터 정도 되는 것을 보고, 안무가 허미즈 팬에게 우리 두 사람을 위한 춤을 만들어달라고 부탁했다.

나는 캘리포니아에서 영화를 촬영하는 동안, 나중에 〈스타트렉〉에서 우후라 중위 역할을 맡은 니셸 니컬스와 친구가 되었다. 그녀의 남자친구와 내 남자친구는 서로 친구였다. 촬영지가 샌프란시스코 근처였기 때문에, 나는 내가 자란 도시를 자랑하고 싶은 마음에 긴 주말을 앞두고 샌프란시스코로 그들을 초대했다. 그들은 내 초대를 기꺼이 받아들였다.

나는 친구 셋을 데리고 가서 어머니에게 소개하고 싶다고, 샌프란시스코를 '즐길' 참이라고 어머니에게 전화로 얘기했다.

"어머나, 오렴, 내 딸아. 오려무나. 먼저 집에 들르고. 어서 오려무나."

우리는 풀턴 스트리트의 어머니 집으로 찾아갔다. 인사가 끝나자 어머니가 음료를 내왔다. 다 같이 나가서 재미있게 놀 채비를 하는데 어머니가 말했다. "늦어도 두시 삼십분 정도까진 돌아와라. 오믈렛이나 크레이프 쉬제트*를 만들어줄 테니. 와서 뭘 하며 재미있게 놀았는지 들려주렴."

정말 재미있는 시간을 보내고 돌아갔더니 어머니가 오믈렛 팬과 차가운 샴페인 한 병을 꺼내놓고 기다리고 있었다. 우리는 어머니와 함께 느지막하게 저녁을 먹었다. 어머니는 니셸과 남자친구가 쓸 방을 보여주고, 내 남자친구가 묵을 방을 보여준 다음 내게 물었다. "애야, 너는 내 방에서 잘래?"

"좋죠." 내가 대답했다.

---

* 얇은 팬케이크.

"내가 목욕물 받아났다."

즐겁게 목욕을 마치고 어머니의 침실로 들어가보니 어머니는 이미 잠옷을 입고 있었다. 내가 침대 안으로 들어가자 어머니가 말했다. "애, 이 번호로 전화해서 토머스 씨 좀 바꿔달라고 해라. 장거리전화라고 하고 클리프 토머스 씨를 바꿔달라고 해."

내가 다이얼을 돌리자 어떤 여자가 받았다. "여보세요?"

"안녕하세요. 클리프 토머스 씨를 찾는 장거리전화입니다." 내가 말했다.

여자가 고함을 지르기 시작했다. "이 망할 년아, 장거리전화 아니잖아!" 나는 전화를 끊었다. "어머니, 어떤 여자가 그러는 데……" 나는 여자가 한 말을 고스란히 전했다.

"망할 놈, 지 마누라랑 같이 있구만."

"거기 있으면 안 돼요?"

"그게 아니라 그 둘은 삼 년째 별거중이고, 그이가 나랑 만난 지는 최소 이 년이 넘었어. 그런데 이제 마누라한테 돌아가고 싶어하지 뭐냐. 내가 '부인한테 돌아가고 싶어? 거짓말은 하지 마. 부인한테 돌아가고 싶어?' 그랬더니 '아니야, 아니야' 그랬어. 그런데 어제 차로 그 여자 집 앞을 지나가면서 보니 그이 차가 집 앞에 서 있더라고. 거기서 뭐하고 있는지, 나한테 왜 거짓말을 하는지 궁금하네."

내가 말했다. "아이고. 이리 오세요. 어머니. 걱정 마세요." 나는 어머니를 감싸안고 어깨를 어루만졌다. "다 잘될 거예요. 어머니가 잘 해결하실 거라고 믿어요. 진정하세요." 나는 계속 어머니에게 중얼거리다 잠이 들었다.

어떤 남자의 굵은 목소리가 나를 깨웠다. "고마워요, 마이러 양. 아아, 고마워요, 마이러 양. 아아아." 남자는 울고 있었다. "아아아, 고마워요, 마이러 양."

일어나보니 거구의 남자가 침대 발치에 무릎을 꿇고 앉아 있고, 종이봉투를 손에 든 어머니가 그 옆에 서 있었다. 남자는 울고 있었다. 자기 몸 위에다 온통 오줌을 싸놓았는데, 방안에 진동하는 냄새로 미루어 짐작건대 그 정도로 그친 게 아닌 듯했다.

"아저씨, 일어나세요. 일어나서 가세요. 얼른요."

"아아아아, 고마워요, 마이러 양." 그는 일어나서 문 쪽으로 달려갔다. 나는 종이봉투를 잡았다.

그 안에는 어머니의 독일제 루거 권총이 들어 있었다. "어머니, 뭐하는 거예요?"

"얘, 그 둘이 나를 어떻게 대했는지 넌 모를 거다."

"오래전부터 그런 식으로 대한 것도 아니잖아요."

"내가 의심했던 대로 그 인간이 마누라랑 같이 있었어."

"그런데 어머니, 어떻게 그 아저씨를 여기로 데려온 거예요?"

"네가 잠들고 난 다음에 일어나서 목욕을 한번 더 하고 로션을 바르고 옷을 입었어. 그러고 났더니 할 일이 없기에 열쇠를 챙겨 차를 몰고 그 여자의 집으로 갔지. 그러고는 초인종을 눌렀어. 부인이 문을 열길래 총을 겨누고 말했지. '네 남편을 찾아왔어.'

부인이 대답하더구나. '안에 있어요.'

그래서 내가 그에게 말했지. '나가, 나가서 운전석에 타. 당신이 이 새벽에 살아 있는 이유를 가르쳐줄 테니.'"

어머니는 그가 모는 차를 타고 집으로 돌아왔다. 그러고는 그에게 말했다. "들어가. 안방 문 열고 무릎 꿇어. 우리 아이가 아니었으면 내가 오늘 새벽에 당신 몸에 새로 구멍 하나를 뚫어줬을 테니까."

그가 떠난 뒤 내가 어머니에게 말했다. "제가 친구들 데리고 온 거 아시잖아요. 그 친구들은 날 대단한 사람으로 알고 있고, 내가 초대했기 때문에 이 집에 묵고 있는 거예요. 니셸 니컬스와 그녀의 남자친구도 그렇고 제 남자친구도 그렇고 다들 유명한 예술가들인데, 하마터면 총기사건에 연루될 뻔하다니. 저한테 이러셔도 되는 거예요?"

어머니는 내게 다가와 말했다. "내가 그 남자한테 아무 짓도 하지 않았다는 거 알잖니. 오히려 그 남자가 나한테 못된 짓을 했어. 얘야, 자기 자신은 스스로 보호할 줄 알아야 한다. 그러지 않으면 남한테 자기를 보호해달라고 부탁하는 바보처럼 보일 수 있어." 나는 잠깐 생각해보았다. 어머니 말이 맞았다. 여자도 남에게 도움을 청하기 전에 자기 힘으로 설 수 있어야 한다.

어머니는 걸출한 내 친구들이 왔을 때가 아니라 다른 때 자기 자신과 자신의 권리를 확실하게 보여줄 수도 있었을 것이다. 하지만 그러지 않았고, 그게 바로 비비언 백스터 여사다운 면모였다.

몇 년 뒤, 오전 열시 무렵에 내 친구가 필모어 스트리트의 어느 미용실로 나를 데리고 갔다. 미용사는 바쁘니 한 시간쯤 뒤에 다시 와달라고 했다. 길 건너편에 문을 연 술집이 있었다. 역시 샌프란시스코였다. 친구와 나는 술집으로 갔다. 바텐더가 낯익어 보였다. 나는 술을 주문한 다음 친구 짐에게 부탁했다. "저 바텐더 이름 좀 물어봐줄래?"

짐이 바텐더에게 물었다. "성함이 어떻게 되세요?"

"클리프요." 그는 대답하고 나를 보았다. "저 아가씨한테 나를 아느냐고 물어봐요. 내가 저 아가씨 어머니를 알거든."

그러더니 내게 직접 물었다. "어머니는 어떻게 지내요, 아가씨?"

"잘 지내세요. 고맙습니다." 내가 대답했다.

그가 말했다. "얼마 전에 스톡턴에서 아가씨 어머니 집에 갔었지. 참 대단한 여자야." 그걸 이제 아셨나요?

25

어머니는 '여성 엘크스 협회'와 '동방의 별단' '여성노인연맹'
에서 만난 친구들을 한데 모아 '인도주의를 실천하는 스톡턴 흑
인 여성회'를 결성했다.

어머니는 판사 한 명, 고급 맞춤복을 판매하는 재봉사 한 명,
간호사 두 명 등 백인 친구들 몇 명도 끌어들였다. 그러고는 그
들을 "명예 흑인"이라고 불렀다. 그들은 다 함께 헌옷을 수거해
서 세탁소에 맡길 것은 맡기고, 나머지는 깨끗하게 빨았다.

어머니는 차고 하나를 옷장으로 개조해 옷들을 치수와 색깔
별로 정리했다. 여성용 바지, 집에서 입는 여름 원피스, 일요일
에 입는 정장 같은 것들이었다. 남성용 작업복 바지와 셔츠, 평

상복 바지, 와이셔츠에도 할당된 공간이 있었다. 아동복도 치수에 따라 정리했다.

인도주의를 실천하는 스톡턴 흑인 여성회에서는 고등학교 2학년 과정을 마친 학생들에게 350달러의 장학금을 지급했다. 어머니 말로는 고등학교 3학년 때 입을 최신 유행 옷이 없어서 2학년을 마치고 중퇴하는 학생들이 많다고 했다. 장학금은 현금과, 시어스*와 JC 페니 백화점에서 쓸 수 있는 상품권의 형식으로 주어졌다.

어느 오후, 스톡턴의 집으로 어머니를 찾아갔을 때의 일이다. 어머니는 웃음을 멈추지 못할 만큼 즐거워하고 있었다. 뭐가 그렇게 재미있느냐고 물었더니 어머니는 한 달 전에 옆 도시 시장이 전화를 걸어 이렇게 말했다고 했다. "백스터 여사님, 여사님으로 말할 것 같으면 스톡턴에서 모르는 사람이 없고, 모든 이에게 친절하고 인심 좋기로 유명하다고 들었습니다. 제가 이 도시의 시장으로서, 제 능력으로 해결할 수 없는 문제가 하나 있습니다."

시장은 이야기를 계속했다. "부부와 십대인 아이들, 아이들의 친할머니까지 차에서 생활하는 가족이 있어요. 지금 이 주째 일

---

* 미국의 대형 유통업체.

자리를 구하고 있는데 소용이 없네요. 혹시 그 가족을 여사님께 보내면 도와주실 수 있을까요? 다들 건강하고 일을 하겠다는 의지도 충만합니다."

"차에서 생활한 지 얼마나 됐죠?" 어머니가 물었다.

"일주일이 넘었습니다." 시장이 대답했다.

"그렇군요. 제 주소를 알려드릴게요. 오늘밤까지는 그냥 차에서 자게 하고, 내일 아침 일곱시까지 우리집으로 오라고 하세요. 최선을 다해보죠." 어머니가 말했다.

다음날 아침 가족이 도착하자 어머니는 그들을 차고로 보내 깨끗한 옷을 찾게 했고, 수건을 쥐여주며 깨끗하게 씻은 뒤 옷을 갈아입으라고 했다.

가족이 다시 등장했을 때 어머니는 푸짐한 아침을 차려주었고, 그들은 배불리 먹었다. 그새 어머니는 친구들에게 전화를 돌리고, 그들이 입었던 옷을 세탁소에 보내고, 슈퍼마켓에서 식료품 포장하는 일자리와 주유소, 주차장 일자리를 구해놓았다. 그리고 해가 떨어지기 전에 그 가족을 위한 숙소도 찾았다.

몇 주가 지나 내가 찾아가기 바로 전날, 시장이 어머니에게 전화했다. "백스터 여사님, 제가 보낸 가족을 위해 마음 써주신 것 정말 감사합니다. 제가 지금 스톡턴인데 여사님 집에 커피가 좀 있다면 찾아가 커피 한잔 같이 마시고 싶은데요."

"오세요." 어머니가 대답했다.

몇 분 뒤 초인종이 울려 어머니가 문을 열자 중년의 백인 여성
이 어머니에게 말했다. "백스터 여사님을 만나러 왔는데요."

어머니가 말했다. "저예요."

어머니가 깔깔대며 전한 바에 따르면, 어머니를 쳐다보는 시
장의 얼굴색이 똥색에 가까웠다고 한다. 어머니가 백인일 줄 알
았던 것이다. 그 시장은 백인이었고, 그녀가 우리 어머니에게 보
낸 가족도 백인들이었다. 그녀는 인도주의를 실천하는 스톡턴
흑인 여성회가 모든 인류를 돕기 위해 결성된 단체라는 걸 알지
못했다. 백인이건 흑인이건 스페인어를 구사하건 동양인이건 상
관없었다. 뚱뚱하건 말랐건 예쁘건 평범하건 돈이 많건 가난하
건 이성애자이건 동성애자이건 상관없었던 것이다.

어머니가 말했다. "그 시장, 자리에 앉아서 커피를 반 잔 마셨
던가? 몹시 불편해하더니 이제 그만 가봐야겠다고 하더구나. 현
관까지 배웅하는데 얼마나 안쓰러웠는지 몰라."

26

어머니에게서 전화가 왔다. 평소와 다르게 목소리에 힘이 없었다. "너를 좀 만나고 싶구나. 샌프란시스코에 일주일 있다 갈 수 있겠니? 비행기표는 내가 사주마."

돈은 필요 없었고, 왜 그렇게 다급하게 나를 찾는지 이유를 알고 싶었다. "어디 편찮으세요?"

"응, 하지만 병원에 갈 테니 별일 없을 거야."

"내일 갈게요."

"샌프란시스코에 도착하더라도 집으로 가진 마라. 내가 지금 어느 환자네 집에 묵고 있거든."

"편찮으시다면서 다른 사람 병시중을 들고 계신 거예요?"

"응. 하지만 이번 주말에는 나갈 거야. 얘, 여기 오면 어찌된 영문인지 알 수 있을 거다."

다음날 저녁, 나는 샌프란시스코 공항에서 택시를 타고 기사에게 스톤스타운 아파트로 가달라고 했다. 나는 어머니가 돌보는 환자가 백인이라는 걸 바로 알아차렸다. 흑인이 그런 아파트에 산다는 이야기는 들어본 적이 없었다.

엘리베이터에서 내리니 어머니가 있었다. 어머니의 얼굴 위로 미소가 번졌다. 나를 만나 행복한 마음에 얼굴이 환히 빛났다. 어머니는 내 여행가방을 들더니 아파트 안으로 안내했다. 우리 둘은 같이 어머니의 침대에 앉았고, 어머니가 내 얼굴과 다리를 토닥여주었다. 아주 건강해 보이지는 않았지만, 무슨 병인지 몰라도 기운을 많이 뺏기지는 않은 듯했다.

"걱정 마라, 심각한 병은 아니니까. 하지만 내 재산을 정리할 필요는 있을 것 같아. 네 오빠도 내일 하와이에서 여기로 올 거다."

내가 생각했던 것보다, 아니 어머니가 털어놓은 것보다 사태가 심각했다.

나는 어머니가 보살피는 환자에 대해 물었다. 어머니는 세 명의 간호사가 사흘씩 근무한다고 했다. 가정부들은 여덟 시간마다 교대했지만, 간호사들은 스물네 시간 근무였다. 그날은 어머니가 사흘 근무를 시작하는 첫날이었다.

나는 어머니를 고용한 환자의 어디가 문제냐고 물었다. 어머니가 대답했다. "사실 의학적으로는 아무 문제가 없는데, 과거를 거의 다 잊어버렸어. 어린 시절의 몇 가지 기억만 빼고 나머지는 다 사라져버렸지. 나를 자기 언니라고 생각하는데, 그분 나이가 여든 정도 돼. 백인이고, 억양이 조금 있기는 하지만 미국 사람인 것 같아."

어머니는 부엌으로 들어가 내가 먹을 샌드위치를 만들었다. 어머니가 샌드위치를 들고 왔고 우리는 식탁에 앉아 포도주를 한 잔씩 마셨다. 샌드위치를 먹으면서 어머니는 다음날 아침에 일어나면 샤워를 하고 거실로 내려오라고 했다. 가정부한테는 내가 올 거라고 일러두었으니 "안녕하세요, 수전 양"이라고 인사하면 된다고 했다.

다음날 아침 눈을 떠보니 정신이 조금 몽롱했다. 술을 너무 많이 마셔서 그런 것일 수도 있었고, 비행기 여행의 후유증이 남아서 그런 것일 수도 있었다.

거실로 내려가보니 어머니의 하얀 신발과 스타킹이 비죽 튀어나와 있는 게 보였다. 어머니가 소파에 앉아 있었고, 가까이 다가가자 맞은편 소파에 앉아 있는 아담한 여자가 내 시야에 들어왔다. 그런데 그녀의 머리 위쪽이 어찌나 알록달록한지 벽이 미쳤나 싶을 정도였다. 나는 헉 소리를 냈다. 어머니가 벌떡 일어나서 내 쪽으로 다가오더니 내 손을 잡았다. "왜 그러니?" 어머니가 물었다. 어머니 쪽으로 고개를 돌리자, 어머니의 머리 위쪽에서도 온갖 색상들이 정신없이 아우성을 치는 것처럼 보였다. 내 평생 그런 경험은 처음이었다. 나는 비틀거렸다. 어머니가 나를 붙잡았다. "왜 그러니? 왜 그래?"

아무 말도 나오지 않았다.

그 아담한 백인 여자가 내게 다가와 손을 잡았다. 그러고는 조그맣게 속삭였다. "안녕, 얘야. 나는 네가 누군지 알아. 우리 언니 딸이지? 네가 온다는 얘기, 언니한테 들었어. 비비언 언니 딸이지?" 그녀가 내 뺨을 토닥였다. 나는 얼굴을 돌리면서 내가 정말 정신이 나갔나보다고 생각했다.

눈물이 뺨을 타고 흘러내렸지만, 그 이유를 알 수 없었다. 어머니도 영문을 모르는 건 마찬가지였는데, 그 아담한 여자가 말했다. "아, 얘가 왜 우는지 알아. 마티스 때문이야." 그녀의 얼굴에서 정수리 너머로 시선을 옮기니 정말로 마티스의 가로세로 약 2미터짜리 작품이 걸려 있었고, 우리 어머니가 앉았던 소파 위에도 비슷한 크기의 커다란 작품이 걸려 있었다. 그렇게 많은 색상과 많은 움직임이 그 좁은 공간에 펼쳐져 있으니 내가 감당할 수 있는 한계를 넘어섰던 것이다.

여자가 말했다. "그냥 마티스의 작품일 뿐이란다. 가자, 얘야, 이리 와. 아유, 언니, 걱정할 것 없어요. 얘는 괜찮아. 앙리 작품이 워낙 강렬해서 그런 거야."

여자가 내 손을 잡았다. 나는 온몸이 부들부들 떨렸지만 그녀의 안내를 받으며 아파트를 구경했다. 그녀는 피카소, 마티스, 루오의 원화를 소유하고 있었다. 샌프란시스코의 그 조그만 아파트에 대형 걸작들이 걸려 있었다. 심지어 한 남자의 흉상도 있었다. 그녀가 흉상을 토닥이며 말했다. "이 사람은 리오야. 나랑 결혼하고 싶어하지. 착해. 여기로 자주 찾아오고 나도 그이를 많이 좋아하지만, 아직 승낙은 하지 않았어. 피카소가 나한테 만들어준 거야. 리오 흉상."

나는 어머니의 침실로 돌아가 방금 겪은 일을 곱씹었다. 내가 예술 작품에 육체적인 반응을 보이다니. 심호흡을 했더니 마음이 편안해졌다. 난생처음으로 예술에 음색이 있는 것처럼 느껴졌다. 웅장한 교향곡이라도 되는 양 예술의 소리가 들리는 듯했다.

마침내 어느 정도 진정이 됐을 때 나는 부엌으로 나가서 식탁에 앉았다. 어머니가 나와 함께했다. 스타인 부인도 우리 옆에 앉았다. 어머니가 그녀에게 나를 소개했다. 스타인 부인은 어머니에게, 가끔 예술가들이 다른 예술가의 작품을 보고 아주 희한한 반응을 보일 때가 있다고 설명했다.

"언니 딸이 운 건 예술가이기 때문이야. 내 조카니까 아주, 아주 예민할 수밖에."

나는 인생사의 대부분을 잊어버린 그 여인의 아이러니에 대해 생각했다. 오십여 년 동안 한 남자의 아내로 살았다는 것은 잊어버렸으면서 예술은 잊지 않았다니……

나는 어머니와 함께 그 집에 이틀 더 머물렀다. 그런 다음 먼저 어머니 집으로 가서 어머니를 기다렸다.

집으로 돌아온 어머니는 스타인 부인이 거트루드 스타인의 오빠인 리오 스타인*의 미망인이라고 알려주었다. 그들 남매는 20세기 초반 파리에 거주하며 걸작을 수집했다. 그러다 스타인은 아내와 함께 샌프란시스코로 돌아왔고 그곳에서 숨을 거두었다.

아파트는 어머니를 위해 자녀들이 마련해준 것이었다. 그녀를 뒷바라지하는 고용인들은 엄격한 면접을 거쳐 계약을 맺었다. 스타인 부인은 워낙 후한데다 기억상실증을 앓고 있다보니 고용

---

* 미국의 예술 평론가, 수집가.

인들에게 작품을 선물하곤 했다. 그럴 때마다 그들은 자산 관리인에게 연락해 선물을 받았고, 관리인이 문제의 작품을 수거해 갔다. 그럼에도 그녀의 가족들은 그녀가 누군가에게 선물할 때까지 나머지 작품들을 그대로 두었다.

어머니는 그것이 지혜와 애정의 발로라고 했다. 스타인 부인의 가족들은 벽에 걸린 작품들이 자신들보다 그녀의 현실에 더 가깝다는 것을 알았다. 그녀는 아파트에 있는 그 작품들을 통해 자신이 살아 있으며 자신의 존재가 의미 있다는 확신을 얻었다.

27

스톡홀름의 겨울은 견디기 힘들다. 추위가 육신을 공격하고 어둠이 영혼을 공격한다. 겨울이 되면 오전 열시는 되어야 태양이 고개를 내밀거나 고개를 내밀려는 기미를 보인다. 그러다 오후 세시쯤 되면 부끄러워하며 어둠으로 복귀하고, 다음날 아침 열시까지 그 안에 머물러 있다 다시 고개를 내밀려고 버둥거린다.

내가 스톡홀름을 찾은 건 내 대본을 바탕으로 그곳에서 영화가 촬영됐기 때문이다. 대본에 맞게 내가 만든 노래도 스웨덴 라디오 스튜디오에서 녹음될 예정이었다.

미국의 유명한 연극배우들이 주요 배역을 맡았고, 몇몇 영화배우들도 출연할 예정이었다.

작품의 주인공은 유럽에서 엄청난 인기를 누린 미국의 흑인 나이트클럽 가수로, 영화배우 어사 키트를 참고 삼아 만든 인물이었다. 그 역할을 맡은 여배우가 가수가 아니었기에 나는 렉스 해리슨이 〈마이 페어 레이디〉에서 그랬듯 흥얼흥얼 대사를 읊을 수 있도록 곡을 만들었다. 여배우는 고맙다는 인사를 하러 뉴욕의 내 아파트까지 찾아왔다. 노래를 부를 필요가 없도록 간단한 곡을 써준 덕분에 자기가 주인공을 맡을 수 있게 됐다는 것이었다. 로스코 리 브라운에게 맡길 역할도 만들어놓았는데, 그가 존 웨인 주연의 영화를 만들고 있어 그 역은 다른 배우에게 넘어갔다.

나는 감독과 제작진을 만나러 스톡홀름으로 갔다. 호텔 로비에 앉아 있는데, 젊은 흑인 남자가 나를 보더니 달려와 무릎을 꿇었다. "마야 안젤루 선생님, 선생님은 정말 대단하세요. 저희의 셰익스피어예요. 제게 이런 기회를 주셔서 감사합니다. 선생님이 뿌듯하시도록 잘하겠습니다."

나는 그에게 말했다. "무릎 꿇지 마세요. 상대의 본성을 좀더 정확하게 파악하고, 좀더 쉽게 밟고 뭉개려고 비행기 태우는 경우도 있다는 거 나도 알아요. 일어나세요."

"아닙니다. 저는 선생님이 저희한테는 셰익스피어 같은 존재라는 걸 알리고 싶어서 이러는 거예요."

내가 말했다. "제발 그러지 마요. 계속 그렇게 무릎 꿇고 있으면 나도 꿇어앉을 거예요. 바닥에 엎드리면 나도 카펫 위에 드러누울 거고." 다행히 그는 내 말을 곧이곧대로 믿고 일어났다.

출연진과 제작진이 꾸려졌다. 선택된 감독은 스웨덴 사람이었다. 나는 그를 따라 촬영지를 물색하러 다녔다. 촬영이 시작됐다. 앞에서도 이야기했듯이 여주인공은 그야말로 매력이 넘쳤다. 그녀는 전문가에게 분장을 받고, 얼굴을 감싸며 굽실거리는 풍성한 가발을 썼다. 이야기가 진행됨에 따라 가끔 가발을 벗을 때도 있었다. 정말이지 뛰어난 미모였다. 가발을 벗으면 흑인 여성들이 많이 하는 가닥가닥 땋은 머리가 드러났다. 스웨덴에는 그렇게 머리를 땋을 줄 아는 미용사가 없었다. 그래서 부득이하게 내가 이른 아침에 세트장으로 나가 그녀의 머리를 땋아주었다. 나는 그런 기회를 고맙게 생각했다. 덕분에 영화가 어떻게 만들어지는지 직접 볼 수 있었기 때문이다. 내 안에서 새로운 포부가 싹텄다. 영화감독이 되고 싶다는 포부였다. 나는 좀더 배우고 싶다는 열망을 불태우며 날마다 촬영장으로 출근했다.

삼 주쯤 지났을 때부터 어떻게 조명을 설치하는지 감이 잡히기 시작했고, 어떻게 카메라를 바꿔가며 현장을 담는지 알 수 있었다. 나는 1972년의 미국에서 마흔 살 흑인 여자가 어딜 가면 영화 만드는 법을 배울 수 있는지 알지 못했기에 우연히 그런 기회를 만났다는 데 행복해했다.

넷째 주로 접어들었을 때 여주인공이 내가 촬영장에 나와 있으면 긴장이 된다고 감독에게 알렸다. 긴장하면 연기가 안 된다고, 미안하지만 내가 촬영장에 나오지 않았으면 좋겠다는 것이었다. 내가 보기에 흑인과 악수 한 번 한 적 없을 것 같은 감독은 미시시피 강과 북해 사이에 낀 듯한 심정이었을 것이다. 그는 내게 촬영장에 나와서 여주인공의 머리만 땋고 곧장 돌아가달라고 부탁하는 안일한 해결책을 선택했다.

그다음 주가 되자 내가 원래 로스코 리 브라운에게 맡기려고 했던 주인공 역할을 맡은 배우가 뉴욕으로 돌아가겠다고 선언했다. 영화사측에서 여주인공에게만 알짜배기를 할애하고 자기한테는 허섭스레기만 줬다며 집으로 가겠다고 한 것이다. 그는 푸대접이나 받으려고 스웨덴에 온 게 아니라고 했다. 호텔로 찾아가보니 그가 몇몇 스웨덴 친구들과 함께 객실에 있었다. 꾸려놓은 짐 가방이 복도에 나와 있었다.

"지금 뭐하는 거예요? 촬영 시작한 지 넉 주나 지난 거 알잖아요. 메이저 영화사에서 흑인 여자가 쓴 대본을 채택한 게 이번이 처음이에요. 이제 와서 다른 배우를 불러다가 그 역할을 맡길 수는 없어요. 낭신, 그 역할을 맡고 싶다고 했잖아요." 내가 말했다.

"아줌마가 무슨 셰익스피어라도 되는 줄 알아요?"

나는 목소리를 낮추었다. "방으로 들어가서 잠깐 얘기 좀 할까요?"

그는 눈을 치켜뜨고 인상을 찡그려가며 친구들을 향해 우스꽝스러운 표정을 짓더니 방으로 들어가자고 했다. 문을 닫자마자 나는 무릎을 꿇었다. "나 지금 아주 위험한 짓을 하고 있어요. 당신 앞에서 무릎을 꿇다니." 그리고 말을 이었다. "이렇게 부탁할게요. 다시 한번만 생각해봐요." 그는 나 혼자서는 도저히 불가능한 성행위를 뜻하는 욕설을 내뱉었다.

나는 자리에서 일어났고 비비언 백스터로 변신했다. "그렇게 나와줘서 고맙군, 이 멍청이 같으니. 앞으로 밤낮없이 대본을 붙잡고 앉아서 네가 나오는 나머지 부분을 다 뜯어고칠 거야. 네가 스웨덴 버스에 치이는 걸로 바꿔주지. 네가 죽으면 관객들이 박수를 치게 만들어주겠다고."

그는 바로 정신을 차렸다. "저기, 그런 뜻에서 한 얘기가 아니었어요. 선생님이 날 얼마나 간절히 원하는지 알고 싶었을 뿐이에요." 그는 복도로 나가서 짐을 들고 들어왔다.

나는 묵고 있던 호텔로 돌아가서 어머니에게 전화했다. 이번에는 '레이디'나 '어머니'라는 단어를 쓰지 않았다. "엄마, 엄마의 보살핌이 필요해요. 지금까지 저를 제대로 보살핀 적이 없다면 이번에 그렇게 해주세요. 지금 수표를 보낼 테니 받자마자 비행기 예약하고 스톡홀름으로 와주세요."

"오늘 샌프란시스코에서 스웨덴으로 가는 비행기가 있으면 당장 타고 가마. 내일 아침에 스톡홀름 공항으로 마중나와주렴." 어머니가 말했다.

어머니가 온다면 오는 분이라는 걸 나는 잘 알았다. 나는 열한시에 영화 제작자 중 한 명인 잭 조던에게 스톡홀름 공항까지 같이 가달라고 부탁했다. 우리는 공항 술집에서 마시고 또 마시며 어머니를 기다렸지만, 결국 잭은 호텔로 불려들어가고 말았다.

나는 공항 벤치에 앉아서 나를 보살피러 오는 어머니를 기다렸다. 마침내 비행기가 도착해서 대합실로 건너가보니 하이힐을 신고 조심스럽게 계단을 내려오는 아담한 체구의 어머니가 보였다. 특유의 원피스 차림에 흑담비 외투를 들고 있었고, 화려한 다이아몬드들이 번쩍거렸다. 내가 손을 흔들자 어머니도 가벼운 거수경례로 화답했다. 어머니가 보안 검색대를 통과하자마자 우리는 얼싸안았다.

"가방 주세요."

"아니다. 다른 사람한테 들고 가게 맡겨라. 넌 날 술집으로 안내해라. 보아하니 어디 있는지 아는 모양이구나." 그래서 나는 어머니를 술집으로 안내했다. 어머니가 바텐더에게 말했다. "마실지 안 마실지 모르겠지만, 아무튼 내 딸한테 스카치위스키랑 물 한 잔 줘요. 나도 스카치위스키랑 물 주고. 당신도 마시고 싶은 거 한 잔 마시고, 여기 있는 손님들한테도 전부 다 한 잔씩 돌려요."

똑똑하고 매력 넘치고 세련된 어머니는 이렇게 말하고 의자에 기대앉았다. 늘 그렇듯 여기에서도 어머니가 대장이었다. 어머니는 주변을 둘러보고는 내 얼굴을 똑바로 쳐다보았다. "얘, 내 말 잘 들어라. 말에게 꼬리는 한 계절 쓰고 나면 필요 없어지는 물건이 아니잖니?" 그게 도대체 무슨 말일까? 간절하게 필요한 마음에 불렀더니 어머니는 이렇게 알쏭달쏭한 금언과 함께 등장했다. 내가 물었다. "지금 뭐라고 하셨어요?"

"말에게 꼬리는 한 계절 쓰고 나면 필요 없어지는 물건이 아니라고. 여름이 끝나는 대로 엉덩이에 거추장스럽게 달린 꼬리를 떼어버려야겠다고, 쳐다볼 필요도 없게 그래야겠다고 생각하는 말이 있다면 그건 바보라는 거지. 그 말이 죽지 않는 한 봄이되면 파리들이 다시 찾아와서 성가시게 굴지 않겠니? 파리들이 눈과 귀를 어지럽히기 시작하면 뭘 주더라도 일 분이나마 평화를 누리고 싶을 거야.

애, 그들은 지금 너를 말 꼬리 대하듯 하고 있어. 하지만 내가 한 가지 알려줄까? 너는 네 할 일만 다하면 돼. 그러면 그 사람들이 죽지 않는 한 너를 다시 찾아올 거다. 너를 얼마나 푸대접했는지 잊어버릴 수도 있고, 잊어버린 척할 수도 있어. 하지만 두고 보렴. 반드시 너를 다시 찾아올 테니까. 그때까지 엄마가 옆에 있어주마. 앞으로 내가 너를 보살피고, 네가 보살펴줘야 한다고 말하는 사람이면 누가 됐건 네가 원하는 방식으로 보살펴줄 거야. 내가 여기 있잖니. 난 내 모든 걸 가지고 왔다. 네 엄마니까."

나는 둘이서 편안하게 지낼 수 있게 아파트를 빌렸다. 어머니는 영화 촬영 내내 내 옆을 지켰다.

나는 매일 아침 촬영장을 찾아가 여주인공의 머리를 땋아주었다. 그리고 매일 아침, 내가 머리를 땋는 동안 모든 제작진이 동작을 멈췄다. 조명을 달지도, 카메라를 배치하지도 않았다. 감독과 배우들은 말없이 서서 내가 떠날 때까지 기다렸다. 어머니가 오고 처음 며칠 동안 나는 혼신의 힘을 기울여 울음을 참았다. 그러다 서서히 어머니라는 존재를 통해 힘을 얻었다. 아파트 건물에 딸린 조그만 잔디밭을 건너면 한 손에 컵을 들고 함박웃음을 머금은 채 창가에 서 있는 어머니가 보였다. 내가 유리 엘리베이터를 타고 올라가면 어머니가 김이 모락모락 나는 뜨거운 커피와 함께 나를 맞아주었다.

어머니는 매일 아침 똑같은 인사를 되풀이했다. "어서 와라, 우리 딸. 어서 들어와. 너를 위해 커피랑 뽀뽀를 준비해놨다." 어머니에게 뽀뽀를 받고 커피를 건네받으면 어린아이가 된 기분이 들었다. 어머니 무릎에 앉는 듯한 기분이 들었다. 어머니는 내 어깨와 등을 쓰다듬으며 소곤소곤 말을 건넸다. 더이상 나는 나 자신이 비참하게 느껴지지 않았다.

어머니는 이런저런 상점들이 어디 있는지 알아내서 가끔 나더러 같이 가자고 했다. 그런 식으로 그 일대를 파악했다. 나더러 마음에 드는 출연자가 있느냐고 물을 때도 있었다. 내가 있다고 하면 집으로 초대하라고 했다.

그러고는 프라이드치킨, 매시트포테이토, 양배추나 케일 같은 녹색 채소를 준비했다. 매번 디저트까지 사다놓았다. 술도 항상 채워놓았다. 어머니는 타고난 이야기꾼이었고, 내 친구들까지 당신 친구들인 양 환대했다. 어머니는 (마음만 먹으면) 누구도 거부할 수 없는 매력을 발산할 수 있었기에 원하는 사람이 있으면 누구든 자신과 사랑에 빠지도록 만들었다.

얼마 후부터 촬영장에서 사람들이 나를 대하는 태도가 달라지기 시작한 게 느껴졌다. 처음에는 조금 당황스러웠다. 여주인공은 내가 머리를 땋아줄 때 좀더 자주 웃어 보였다. 우리를 곤경에 빠뜨린 채 사라지겠다고 협박했던 남자는 내가 얼마나 위대한 작가이며, 자기가 얼마나 영광인지 모른다고 다시 떠들고 다녔다. 그들이 무엇 때문에 달라졌는지 궁금해지기 시작했다. 난 그들을 위해 특별히 한 게 없었다. 그들의 출연료가 인상되거나 촬영 시간이 줄어든 것도 아니었다.

어느 날 아침 내가 집에 가려는데, 감독이 이제는 촬영장에 있어도 된다고 했다. 어떻게 된 걸까? 나를 대하는 그들의 태도가 왜 달라졌을까? 나는 내 곁에 어머니가 있기 때문임을 뒤늦게 알아차렸다. 어머니는 다른 사람들에게 나를 칭찬했고, 내 앞에서도 칭찬을 아끼지 않았다. 하지만 그보다 더 중요한 게 있다면, 내 어머니를 직접 만난 적이 있건 소문만 전해들었건, 내 곁에 어머니가 있다는 사실 그 자체였다. 어머니는 기둥처럼 나를 지탱하고 있었다. 그것이 어머니의 역할이다. 나는 그 사실을 그때 피부로 실감했고, 왜 어머니가 정말 중요하다고 하는지 처음으로 깨달았다. 어머니가 정말 중요한 이유는 아이를 먹이고 사랑하고 안아주고 심지어 응석까지 받아주는 것 때문만이 아니라, 흥미롭고 어쩌면 오묘하며 비현실적인 중간자 역할을 하기 때문이다. 어머니는 미지의 세계와 주지의 세계 중간에 서 있는 사람이다. 스톡홀름에서 우리 어머니는 사람들이 나를 높게 평가하는 이유를 알지도 못하면서 사랑이라는 보호막으로 나를 감쌌다.

나는 여주인공의 머리를 다 땋고 나면 절대 촬영장에 남지 않았다. 영화 촬영에 대해 배울 기회는 다시 올 거라고 운에 맡기기로 했다.

어머니는 나를 이해했다. 어머니는 이렇게 말했다. "역시 내 딸이네. 하라는 대로 하면 쓰나. 너 스스로 결정해야지."

음악 작업이 끝났을 때 나는 어머니의 선원생활을 상상해보았다. 어머니는 배를 타고 샌프란시스코를 출발해 하와이, 타히티, 보라보라, 뉴질랜드까지 다녀왔다. 그래서 태평양은 잘 알았지만, 유럽에 대해서는 아는 바가 없었다. 나는 어머니에게 같이 파리에 갔다가 런던을 구경하고 배로 대서양을 건너서 뉴욕으로 돌아가면 어떻겠느냐고 물었다. 어머니는 좋다고 했다. 어머니를 모시고 유럽을 둘러볼 생각을 하니 비행공포증에서 어느 정도 해방될 수 있었다.

나는 스톡홀름을 출발하는 파리행 비행기를 알아보고, 수수한 호텔에서 일주일 묵기로 했다. 파리에서 며칠을 보낸 뒤 런던에 들르고, 그런 다음 배를 타고 뉴욕으로 돌아가는 일정이었다. 어머니는 거기서 캘리포니아로 가기로 했다.

우리는 스톡홀름의 친구들에게 작별을 고하고 비행기에 탑승했다. 우리 둘 다 담배를 피우던 시절이라 흡연석에 앉았다. 문이 닫히고 비행기가 이륙했다. 문득 "승객 여러분, 저희 비행기에 탑승하신 것을 환영합니다. 이제 출입문을 닫겠습니다" 하는 안내방송이 없었다는 게 생각났다. 스웨덴 비행기들은 원래 그런가보다 하고 말았다. 하늘을 날고 있을 때 천장에서 모니터가 내려왔다. '흡연석'인지 '금연석'인지만 화면에 적혀 있을 뿐, 여전히 아무런 말이 없었다.

이륙한 지 십 분쯤 지났을 때 승무원 두 명이 고개를 숙여 인사하며 통로를 걸어왔다. 모니터가 다시 천장 안으로 들어가고 승무원들이 수화를 시작하자 어머니와 나는 마주보았다. 우리가 청각장애인들을 가득 태운 비행기에 탑승했다는 사실을 동시에 깨달은 것이었다. 놀라웠고 웃음이 터져나왔다.

승무원들이 옆으로 지나가자 어머니가 말을 건넸다. "저기요."

그러자 승무원이 깜짝 놀라며 외쳤다. "말씀을 할 줄 아시네요!"

"그럼요. 그리고 귀도 멀쩡해요." 어머니가 대답했다.

승무원은 어머니에게 뭐가 필요한지 묻지도 않은 채 허둥지둥 사라졌다. 다른 승무원들에게 달려가서 우리가 청각장애인이 아니라고 전했다. 그들까지 놀라지 않도록 미리 알린 모양이었다.

어머니와 나는 술을 주문했고, 웃고 담배를 피워가며 아주 즐거운 시간을 보냈다. 파리에 도착해 비행기에서 내리려는데, 유니폼을 입은 승무원이 수화로 다른 승객들에게 뭐라고 전달하기 시작했다. 어머니도 그렇고 나도 그렇고 뭐라는 건지 알 수가 없었다. 내가 승무원에게 다가가 말을 건넸다. "안녕하세요. 어머니랑 저는 수화를 모르는데요."

그러자 승무원이 말했다. "말씀을 할 줄 아시네요!"

"네, 맞아요. 지금 영어로 말을 하고 있지만 스웨덴어도 조금 할 줄 알고, 귀도 멀쩡해요."

"제 말 들리세요?" 그녀가 물었다.

"네, 그럼요." 내가 대답했다.

"그런데 어떻게 이 비행기를 타셨어요?" 그녀가 말했다.

"표를 사가지고 탔죠."

"그런데 스웨덴어를 하시네요. 스웨덴 분이세요?" 그녀가 말했다.

내가 말했다. "나도 그렇고 우리 어머니도 그렇고 아프리카계 미국인이에요. 스웨덴 사람이 아니라." 승무원은 줄을 서서 버스에 탑승하면 센 강 좌안에 있는 우리 호텔에 도착할 거라고 했다.

호텔에 도착했을 무렵, 수화를 할 줄 모르는 두 명의 흑인은 청각장애인들 사이에서 유명 인사가 되었다. 호텔 직원은 프랑스어로 말했다. 다행히 내 프랑스어 실력으로 충분했다. 우리는 각자 객실을 배정받았고, 저녁나절에 다시 내려오면 패키지에 포함된 식전 포도주를 마실 수 있다고 했다.

파리에서 보낸 시간이 어찌나 환상적이었던지 우리는 머무는 기간을 일주일 연장하기로 하고 내 지인에게 아파트를 빌렸다. 깔끔하게 관리한 방 하나와 아래에서 들여다볼 수 있는 다락방 하나가 딸린 아파트였다. 어머니와 내가 쓸 싱글 침대도 있었다.

어머니는 앉아서 미소만 짓고 있었다. 프랑스어를 모르기 때문이었다. 집주인이 막 나가려는 찰나, 어머니가 조그맣게 물었다. "화장실은 어디니? 아파트가 예쁘긴 한데 화장실이 없는 건 아니겠지?"

그래서 내가 지인에게 화장실은 어디 있느냐고 물었다. 그녀는 거실로 걸어가서 허리를 숙이더니 카펫 속에 숨어 있다시피 한 고리를 잡아당겼다. 마룻바닥이 들리면서 계단이 보였다. 그 아래 널찍하고 훌륭한 부엌과 깔끔한 화장실이 있었다.

　어머니가 말했다. "어머, 얘. 이번에는 네가 내 덕을 제대로 보는구나."

28

어머니는 용기라는 이름의 크고 작은 선물들을 내게 주었다. 그중 작은 선물들은 내 의식의 틈바구니 속으로 워낙 미묘하게 스며들어 어머니의 그림자가 어디에서 끝나고 어디에서부터 나의 존재가 시작되는지 나조차 알 수 없을 정도다.

큰 교훈들은 밤하늘에 총천연색으로 빛나는 별들처럼 내 기억 속에서 반짝거린다.

나는 사랑을 만나기도 하고 사랑을 잃기도 했다. 과감하게 아프리카로 건너가, 가이가 이집트 카이로에서 고등학교를 졸업했을 때의 일이다. 당시 나는 유엔을 상대로 남아프리카 인종차별 철폐 탄원운동을 벌이던 남아프리카 투사를 만나 동거를 한 적이 있다.

우리는 서로의 관계가 튼튼하고 견고해지도록 양쪽 다 노력했다. 한동안 우리의 노력은 빛을 보았다. 그러다 우리의 시도가 실패로 돌아가자 나는 가이를 데리고 가나로 갔고, 그 투사는 남아프리카로 돌아갔다. 가이는 가나의 대학교에 입학했다.

그때 어머니가 이런 편지를 보냈다. "아프리카로 가는 비행기는 날마다 뜨더구나. 내가 필요하면 언제든 달려가마." 어머니의 사랑과 응원이 있었기에 나는 용감하게 생기 넘치는 삶을 살수 있었다.

나는 여러 남자를 만났고, 그중에는 내가 사랑하고 신뢰한 남자도 있었다. 맨 마지막 애인이 바람을 피운 게 드러났을 땐 하늘이 무너지는 것 같았다. 우리 둘이 수많은 아기 천사들이 축복하는, 하늘이 맺어준 관계라고 굳게 믿고 있었던 것이다. 나는 실망감으로 심장이 터질 것 같아서 가나에서 노스캐롤라이나로 거처를 옮겼다.

웨이크포리스트 대학교에서 내게 미국학과 레이놀즈 교수라는 종신교수직을 제안해왔다. 나는 대학측에 감사의 뜻을 전하고 그 제안을 받아들였다. 일 년 동안 학생들을 가르쳐보고 그 일이 마음에 들면 일 년 더 가르칠 수 있다고 했다. 학생들을 일

년 가르쳤을 때 나는 지금까지 천직을 착각하고 있었다는 걸 깨달았다.

그전까지는 내가 학생들 가르치는 데 소질이 있는 작가인 줄 알았는데, 놀랍게도 그게 아니라 글재주가 있는 교사였다. 나는 평생 교직생활을 하기로 마음먹고 웨이크포리스트에 둥지를 틀었다.

어머니는 내 판단을 칭찬하며 내가 기적을 행할 거라고 했다.

내가 어느 미용실에서 머리를 자르고 파마를 하고 있을 때의 일이다. 흑인 미용실 특유의 대화가 이어졌다. "지금 제정신이에요?" 삼삼오오 모여 있던 흑인 여자들이 일제히 외쳤다.

한 여자가 하소연하는 투로 말했다. "노인들이 섹스를 하는 게 잘못됐다는 게 아니에요. 그냥 그런 발상 자체가 서글프게 느껴진다는 거죠."

"노인들이 섹스를 할 때 서글퍼 보인다고요? 누가 그런 거짓말을 해요?"

"도대체 왜 그렇게 생각하는데요?"

다른 여자가 왁자지껄한 반응이 잦아들 때까지 기다렸다가 다정한 목소리로 물었다. "당신을 낳은 뒤에 당신 부모님은 어땠을 것 같아요? 더이상 부부관계를 갖지 않으셨을 것 같아요?"

하소연하는 투로 말을 했던 여자가 팩하니 화를 냈다. "그런 식으로 지저분하게 말씀하실 건 없잖아요." 그러자 여기저기서 요란하게 야유가 터져나왔다.

"아우, 무슨 문제 있는 거 아니에요?"

"정신 차려요."

그때 그중에서 가장 나이가 많은 여자가 말했다. "피곤한 것과 게으른 것은 다른 법이고, 모든 작별인사가 사라지는 건 아니라우."

나는 그 말을 듣고 일흔네 살인 어머니를 떠올렸다. 그때 어머니는 최고의 사랑이라고 칭한 네번째 새아버지와 캘리포니아 주 스톡턴에서 살고 있었다. 새아버지는 가벼운 뇌졸중을 겪고 건강을 회복중이었다. 전화 목소리를 들어보면 어머니가 얼마나 속상해하는지 알 수 있었다. "얘야, 너 신경쓸까봐 참을 만큼 참았는데, 너무 오랫동안 해결될 기미가 안 보인다. 해도 너무할 정도로."

나는 딱딱한 어머니의 말투와 정반대로 최대한 부드럽게 물었다. "엄마, 무슨 일인데요?"

나는 노스캐롤라이나에 살고 있었지만, 전화와 비행기와 신용

카드 덕분에 그리 멀게 느껴지지 않았다.

"너희 아빠 말이야. 네가 얘기 좀 해봐라. 안 그러면 내가 그이를 내쫓아버릴 거다. 집밖으로. 길바닥으로 내쫓아버릴 거야."

나는 이 맨 마지막 새아버지를 가장 좋아했다. 우리는 서로 잘 어울렸다. 그분에게는 딸이 없었고, 나는 사춘기 이후로 아버지의 애정과 충고와 보호를 경험한 적이 없었다.

"아빠가 무슨 짓을 하셨길래요, 엄마? 뭘 어쩌고 계신데요?"

"아무것도 안 해, 아무것도. 그게 문제야. 전혀 아무것도 하지 않는다는 게."

"하지만 엄마, 뇌졸중이라는 걸 감안해야죠."

"나도 알아. 하지만 그이는 나랑 섹스를 하면 다시 뇌졸중으로 쓰러질 거라고 생각해. 의사가 그렇지 않다고 했는데도. 그이가 섹스를 하다 죽을지도 모른다고 하기에 내가 하도 화가 나서 그보다 더 환상적으로 죽는 방법은 없다고 했다."

요절복통할 이야기였지만 나는 웃음을 꾹 참았다.

"제가 도울 방법이 있을까요, 엄마? 말해보세요."

"응, 있어. 네가 얘기 좀 해봐. 네 말이라면 들을 거다. 네가 얘기 좀 해보렴. 안 그러면 내 손에 길바닥으로 내쫓길 거야. 나는 여자야. 돌덩이가 아니라고."

어머니는 나도 익히 아는 말투로 말했다. 인내심의 한계에 다다라서 당장이라도 실행에 옮길 태세였다.

"알았어요, 엄마. 뭐라고 하면 좋을지 모르겠지만, 아빠한테 얘기해볼게요."

"되도록 빨리 부탁하마."

"엄마, 오늘 저녁 다섯시 삼십분에 외출하시면 그 이후에 제가 아빠랑 통화할게요. 진정하세요, 엄마. 힘닿는 데까지 해볼게요."

"알았다, 아가. 이만 끊을게. 내일 전화하마."

어머니는 아직도 못마땅한 눈치였지만, 그래도 어느 정도 진정이 된 듯했다. 나는 뭐라고 말하면 좋을지 낮 내내 고민했다. 그러고 나서 캘리포니아 시간으로 여섯시에 전화를 걸었다.

"여보세요, 아빠. 어떻게 지내세요?"

"안녕, 우리 딸. 어떻게 지내니?" 아버지는 내 목소리를 듣고 기뻐했다.

"잘 지내요. 엄마 좀 바꿔주세요."

"어이구, 엄마는 삼십 분쯤 전에 외출했는데. 사촌네 집에 갔어."

"저기, 아빠, 엄마가 입맛이 없다고 하시니까 걱정이 돼서요. 오늘도 하루종일 잘 못 드셨죠?"

"잘 먹었는데. 집에서 만든 크랩 케이크에 콜슬로랑 아스파라거스를 곁들여서. 우리 둘이서 다 먹었다."

"엄마가 술은 안 드셨죠?"

"나랑 같이 맥주 마셨고, 내기해도 좋다만 지금쯤 손에 듀어스* 화이트 라벨을 들고 있을 게다."

"하지만 평소하고 다르실 텐데요. 음악 감상이나 카드 게임이나 그런 것도 하세요?"

"네가 보내준 그 오디오로 하루종일 '테이크 식스' 노래를 들었고, 지금은 사촌네 집에서 도미노 게임하고 있을 텐데?"

"아빠가 보시기에 엄마 식욕이 왕성한 것 같아요?"

"그렇다니까. 너희 엄마가 원래 식욕이 왕성하잖니."

"맞아요, 아빠." 나는 목소리를 낮추었다. "엄마가 뭐든 욕구가 왕성하죠. 아빠, 죄송하지만 이런 말씀을 드릴 사람이 저밖에 없어서요. 엄마는 사랑에 대한 욕구도 왕성하잖아요. 그래서요 아빠, 죄송하지만 아빠가 그 부분을 채워주시지 않으면 엄마는 굶어 죽을 거예요." 아버지가 컥컥대며 헛기침을 하고 목청을 가다듬는 소리가 들렸다.

---

* 스카치위스키 브랜드.

"아빠, 죄송하지만 이만 끊을게요. 누가 왔네요. 사랑해요, 아빠."

아버지는 들릴락 말락 하게 인사했다. "그래, 아가."

얼굴이 화끈거렸다. 나는 술을 한 잔 따랐다. 최선을 다했으니 효과가 있기만을 바랄 따름이었다.

다음날 아침, 캘리포니아 시간으로 오전 일곱시쯤 어머니가 결과를 알려왔다.

"나다, 얘야, 우리 착한 딸. 너는 이 세상에서 최고로 사랑스러운 아이야. 엄마는 너를 끔찍이 사랑한다." 어머니는 듣기 좋은 소리들을 늘어놓았고, 나는 어머니를 생각해서 웃었다.

아이에게 성관계의 목적은 오로지 출산이라고 가르치는 부모는 어느 모로 보나 해로운 존재다. 슬프게도 우리 어머니는 그 일이 있고 사 년 뒤에 돌아가셨지만, 나의 이상형으로 남아 있다. 현재 팔십대인 나는 구십대까지, 운이 따른다면 그 이후에도 죽 어머니처럼 살 생각이다.

우리 어머니는 자식들을 위해 최선을 다했고, 나는 오빠처럼 어머니라는 존재로 인해 외로워해본 적이 없었다. 내 삶에서 가장 소중한 사람은 항상 오빠였고, 내 곁에는 오빠가 있었다. 반면에 오빠는 어머니와, 어머니에 얽힌 모든 추억을 애타게 그리워했다. 오빠가 다섯 살이었을 때 우리 둘이 할머니에게 맡겨졌으니, 오빠에게는 이미 음악소리와 웃음소리, 어머니의 뽀뽀 세례가 끊이지 않았던 어린 시절이 존재했던 것이다.

집밖에서 들리던 자동차 바퀴 소리, 경적 소리, 사이렌 소리, 사람들이 서로 부르고 고함 지르는 소리, 오빠의 귀에는 이런 소리들이 저장되어 있었다. 그랬으니 스탬스의 텅 빈 거리와 휑뎅그렁하고 조용한 집안이 마음에 들 리 없었다. 아칸소로는 정신적인 황량함을 채울 수 없었다. 하지만 어머니가 있는 캘리포니아로 돌아가도 충분하지 않았다. 어머니를 바라보는 오빠의 눈빛은 복잡했다. 흠모와 실망이 공존하는 눈빛이었다. 어머니가 지금 여기 오빠의 눈앞에 있긴 하지만, 정작 간절히 필요했던 시절에는 없었던 것이다.

오빠는 열여덟 살 때부터 헤로인에 손을 대기 시작했다. 내가 걱정하면 무시했다. "내가 알아서 할게"라고 했다. 똑똑한 머리가 있으니 중독되기 전에 스스로 끊을 수 있을 거라고 생각했던 것이다. 하지만 착각이었다. 오빠는 상선과 샌프란시스코를 떠나 가까운 마약촌에서 지내기 시작했다.

끔찍한 예감이 나를 찾아왔다. 오빠가 죽었다는 전화가 걸려

올 것만 같았다. 상상만 해도 다리의 힘이 풀렸다. 나는 제대로 걸을 수 없었고 심지어 말까지 더듬기 시작했다.

오빠를 찾아보니 이스트오클랜드의 마약 소굴에 있었다. 의심스러운 흔적을 따라 다다른 그곳은 유리창이 깨진 낡은 집이었다. 음울한 분위기의 비쩍 마른 두 남자가 남루한 차림새로 대문을 지키고 있었다.

한 남자가 물었다. "무슨 일이신가?"

내가 말했다. "오빠를 찾으러 왔는데요." 내 목소리에는 두려움도, 망설임도 없었다.

문과 좀더 가까운 쪽에 서 있던 남자가 말했다. "아가씨, 경찰이야?"

나는 "아니에요"라고 대답하고 언성을 높였다. "나는 베일리 존슨의 여동생이고 오빠를 찾으러 왔어요." 남자는 단호한 내 목소리를 듣더니 미리 짜놓은 안무를 하듯 문에서 비켜섰다. 나는 고약한 냄새를 풍기는 어두침침한 그곳으로 들어갔다. 내가 한 번도 와본 적 없는 유의 장소라는 걸 대번에 알아차릴 수 있었다. 어둠에 눈이 적응되자 벽에 기댄 채 침대 겸용 소파에 앉아 있는 오빠가 보였다. 나는 그 옆에 앉았다.

"오빠, 데리러 왔어. 가자." 내가 말했다.

오빠는 살짝 몸을 일으켰다. "마야, 이건 네 역할이 아니야. 오빠는 나잖아. 네가 찾아와서 날 데리고 가면 안 되는 거야."

"누군가는 해야 할 일이잖아. 내가 아니면 누가 하겠어?" 내가 말했다.

"아무도 필요 없어. 이건 내 인생이야. 너는 집으로 가줬으면 좋겠다."

"오빠를 여기 두고 떠나긴 싫어. 그다음은 교도소 신세일 텐데, 교도소 신세 지고 싶은 사람이 어디 있겠어?"

"너희 어머니가 교도소도 말이 아니라 사람 있으라고 만든 곳이라고 했잖아. 난 교도소가 무섭지 않아."

내가 말싸움에서 밀리고 있는 게 느껴졌다. 이미 완전히 밀린 것일 수도 있었다. 나는 좀더 다급한 목소리로 말했다. "오빠, 오빠를 여기 두고 떠나긴 싫어. 무슨 일이 벌어질지 모르잖아."

오빠가 말했다. "아마 무슨 일이 벌어질 거야. 그러니까 일어나서 네 아들이 있는 집으로 돌아가. 내가 엄청나게 나쁜 짓을 저지르고 있는 것도 아니야. 나는 장물아비야. 물건을 싸게 사고 싶어하는 사람들에게 싸게 팔고 있을 뿐이라고. 이 일로 다치는 사람은 나밖에 없어. 이제 일어나서 가. 이 사람들이 널 계속 보는 게 싫으니까."

나는 울음을 터뜨렸다.

오빠가 말했다. "제발 우는소리 좀 하지 마. 네 힘으로 날 바꾸진 못해도 너를 바꿀 수는 있잖아. 일어나서 집으로 돌아가." 오빠가 자리에서 일어섰다. "지금 당장."

나도 따라 일어섰다.

"차까지 바래다줄게." 오빠가 말했다. "가자."

나는 늘 그렇듯 시키는 대로 했다. 밖으로 나갔을 때 오빠가 계단 위에서 두 명의 문지기에게 말했다. "이쪽은 내 여동생인데, 앞으로 두 번 다시 찾아올 일 없을 거예요."

웅얼거리며 대답하는 두 사람의 태도로 보건대 오빠가 대장이라는 걸 알 수 있었다.

차 앞에 다다르자 오빠가 말했다. "내 걱정은 그만해. 너희 어머니도 이게 내 인생이라고 받아들였고, 나도 내 마음대로 살 작정이니까."

나중에 어머니에게 오빠 이야기를 꺼내자 어머니는 말했다. "베일리도 베일리의 인생이 있잖니. 너희 둘을 아칸소로 보낸 나를 절대 용서하지 못하는 거야. 아직도 그 기억을 잊지 못하다니 안타깝구나. 나로서는 가장 나은 길을 선택한 거였고, 과거를 되돌릴 방법도 없는데."

오빠는 어머니와 비슷해 보이는 여자를 만났다. 그녀는 예뻤고, 그보다 더 중요하게는 성격이 명랑했다. 목소리가 컸고 잘 웃었다. 유니스와의 결혼이 오빠에게는 구원의 계기였다. 두 사람은 하와이로 이사했고, 오빠는 깨끗하고 정상적인 생활을 할 수 있었다. 한때 마약중독자였다는 사실이 믿기지 않을 정도였다.

두 사람은 열심히 테니스를 배웠고, 취미 삼아 하이킹을 다녔다. 하지만 오빠의 결혼생활은 유니스가 불시에 세상을 떠나면서 갑자기 막을 내렸다. 오빠는 근근이 붙잡고 있던 이성의 끈을 놓았다. 새하얀 테니스복을 입고 테니스 라켓 두 개를 들고 장례식에 참석했다. 그러더니 뚜껑이 열린 관으로 다가가 그녀의 시신 위에 라켓 하나를 내려놓았다. 오빠는 그로부터 일주일도 안 돼서 마약이라는 탐욕스러운 구렁텅이 속으로 다시 사라졌다.

어머니는 내게 최선을 다했다. 아들 베일리는 어머니를 실망시켰다. 어머니는 남편이 아들을 남자 대 남자로 가르치고 인도할 기회를 포기했으니 자신이 나서야겠다고 생각했다. 여자는 남자가 될 수 없다는 사실을, 어머니는 아버지가 될 수 없다는 사실을 고려하지 않았다.

어머니는 달콤한 모성애를 아들에게 쏟아부었다. 그의 성이 존슨이기는 해도, 가장 결정적인 유전자는 어머니에게서 물려받은 거라고 했다. 그러니 백스터 집안의 자손이라고 했다.

오빠는 어머니를 사랑했지만, 자신을 멀리 보낸 어머니를 용서할 수 없을 때도 있었다. 단 한 번도 마음 편하게 지내지 못했던, 외로웠던 아칸소 시절의 기억을 지우지 못했던 것이다. 우리가 조용하고 시골길 말고는 아무것도 없다시피 한 아칸소의 집에 도착했을 때 오빠는 다섯 살이었다.

어쩌면 오빠는 유년 시절 내내 아기 때 들었던 왁자지껄한 웃음소리, 음악 소리, 말다툼하는 소리에 집착했을지도 모르겠다.

할머니의 가게와 일요일마다 교회에서 들리는 시끄러운 노랫소리조차 어머니의 목소리를 잠재우지 못한 것이다.

29

전화를 받고 나는 미국 땅을 가로질러 어머니의 병상으로 달려갔다. 어머니는 안색이 잿빛으로 창백하고 시선이 자꾸 흔들리면서도, 나를 보더니 미소를 지었다.

어머니가 조그맣게 말했다. "아가, 와줄 줄 알았다."

나는 바짝 마른 어머니의 입술에 입을 맞추고 말했다. "제가 왔어요. 이제 모든 게 다 잘될 거예요." 나는 그럴 거라고 믿지 않았지만, 달리 할말이 없어서 그렇게 얘기했다.

어머니는 침착하게 미소를 지으며 자기도 내 말을 믿는다는 걸 어떻게든 보여주려고 했다. 나는 혼자서 이야기보따리를 풀어놓으며 짤막한 문병을 끝낸 뒤 의사들을 찾아갔다. 그들의 예측은 절망적이었다. 어머니의 병명은 기종을 동반한 폐암이었고, 앞으로 살 수 있는 날이 길어야 삼 개월이라고 했다.

내가 어머니 곁을 지키며 최대한 편안하게 돌볼 수 있도록 노스캐롤라이나로 모시는 게 나을 듯했다. "제가 어머니를 보살필 수 있게 노스캐롤라이나로 가실래요?"라고 물었더니 어머니는 얼굴을 환히 빛내며 "좋지" 하고 속삭였다.

오빠의 맏이인 로자 페이가 어머니를 모시고 윈스턴세일럼까지 와주겠다고 했다. 나는 준비를 하기 위해 노스캐롤라이나로 돌아갔다. 볕이 잘 드는 널찍한 방을 옅은 분홍색으로 칠하고 화려한 꽃무늬 커튼을 곁들였다. 방은 유쾌하고 따뜻한 분위기를 풍겼고, 나는 그림과 가족사진을 걸었다.

어머니와 로자를 태운 차가 도착했다. 어머니는 기운이 없어서 걷기는커녕 서 있는 것조차 불가능했다. 기사가 어머니를 안아서 집안으로 옮겼다. 나는 어머니를 포옹한 뒤 기사를 어머니 방으로 안내했다. 어머니는 침대 가에 걸터앉아 내 쪽을 돌아보더니 환한 미소를 지었다. 어머니가 말했다. "애, 예쁘다. 네가 날 생각해서 이렇게 꾸민 거지, 그렇지?"

"네. 어떻게 아셨어요? 페인트 냄새 나요?" 내가 대답했다.

"응, 조금. 하지만 상관없다. 내가 분홍색을 좋아하는 걸 알고

분홍색으로 칠했구나. 이 방에서 건강해질 테다."

그것은 바람을 담은 힘없는 중얼거림이 아니라 확신에 찬 강력한 선언이었다. 어머니가 도착하길 기다리고 있던 의사들이 방안으로 들어가 문을 닫았다. 우리는 어떤 결론이 내려질지 초조하게 기다렸다. 의사들이 내가 앉아 있는 식탁으로 건너오자 로자가 어머니 자리를 살피러 갔다. 그들이 말했다. "캘리포니아의 병원 기록을 봤습니다만 저희 병원에서 검사를 해봐야겠습니다. 내일 모시고 오세요."

노스캐롤라이나의 의사들은 화학요법을 중단하고 그 대신 방사선치료를 처방했다. 어머니는 날마다 조금씩 기운을 되찾았다. 일주일쯤 지나자 나를 방으로 부르더니 가운을 벗을 수 있게 도와달라고 했다.

"너 예전부터 그림 좋아했잖아. 이제 네 엄마를 볼래?" 방사선 전문의가 어머니의 가슴과 등을 밝은 빨간색과 노란색으로 칠해놓은 것이었다. "피카소가 생각나지 않니?" 어머니가 물었다.

나는 어머니와 함께 웃을 수 있어서, 회복되지는 않았지만 어머니가 나아지기로 마음먹었다는 걸 알게 돼서 행복했다. 두 달후, 주치의 중 한 명인 이마무라 선생님이 이유는 모르겠지만 어머니의 상태가 호전되고 있다고 했다. 어머니의 민머리에서 희

끗희끗한 머리칼이 자라기 시작했다. 더 먹겠다고 할 정도로 입맛이 돌아왔고, 심지어 요리를 자청하고 나서기까지 했다. 어머니는 육 개월 만에 예전 몸무게와 체력을 회복했다. 친구들을 환대하고 나와 함께 교회에 다니기 시작했다.

증세가 꾸준히 호전되자 어머니는 내게 전국을 순회하며 강연하는 본업으로 돌아가라고 했다. 그러면서 가장 친한 친구인 에리어 이모를 불러달라고 하기에 나는 알았다고 했다.

"이제 네가 해야 할 일을 할 때가 되지 않았니?" 어머니가 물었다.

"그렇죠." 내가 대답했다.

그러자 어머니가 말했다. "그럼 해야지."

우리집의 가정부는 둘 다 키와 덩치가 컸다. 입주 가정부인 놀스 양은 키 188센티미터에 몸무게가 125킬로그램이었다. 출퇴근하는 스털링 부인은 키가 178센티미터에 몸무게는 90킬로그램 정도 됐다. 어머니는 두 사람을 어린아이 대하듯 했고, 두 사람도 그걸 좋아해서 그에 걸맞게 행동했다.

에리어 이모가 도착하자 진작 이모를 부를걸 그랬다는 생각이 들었다. 이모와 어머니가 함께 웃고 떠드니 우리집은 공포와 불안감으로 가득했던 전과 달리 신나는 곳이 되었다. 어머니는 편안하고 행복해했다. 내가 출장차 짐을 꾸릴 때마다 명절 비슷한 분위기가 감도는 게 느껴졌다. 어머니는 내 손을 잡고 두 뺨에 입을 맞췄다.

"얘, 엄마는 네가 보고 싶을 거야. 즐거운 시간 보내고 얼른 돌아오렴. 엄마는 네가 필요하니까." 어머니는 이렇게 말하곤 했다.

나를 태우고 공항으로 출발한 차가 진입로를 벗어나면 어머니는 에리어 이모와 함께 동네 해산물 식당에서 점심을 사겠다며 내 사무실과 집에서 일하는 직원들을 모두 불러모았다. 자신과 에리어 이모가 타고 갈 리무진은 진작 예약해놓고서 말이다. "얼른 준비해. 나가서 점심 먹고 오자."

30

어안이 벙벙하고 황홀한 초청장이 날아왔다. 영국 엑서터 대학교에서 우수 교환교수로 삼 주 동안 그 신성한 강의실에서 학생들을 가르쳐달라며 나를 초청한 것이다. 나는 행정관에게 고맙지만 갈 수 없는 상황이라고, 어머니가 중환자라 노스캐롤라이나를 떠날 수 없다고 전했다.

어머니는 내가 초청을 거절했다는 소식을 듣더니 나를 방으로 불렀다. "가야지." 어머니가 속삭였다. "가. 가서 '여자'도 할 수 있다는 걸 보여줘. 나는 네가 돌아올 때까지 여길 지킬게!"

나는 노스캐롤라이나를 떠나 엑서터 캠퍼스에서 강의를 시작했다. 그러는 동안 날마다 전화로 어머니의 병세를 확인했다.

하루는 가이가 전화로 알렸다. "엄마, 할머니가 에리어 이모 할머니 마음에 안 드신대요."

"왜?"

"이모할머니가 할머니 침대에 사방으로 범퍼를 설치하고 싶어하는데 할머니는 싫대요. 틈틈이 침대 가에 걸터앉아 있고 싶다고."

나는 어머니에게 전화를 걸었다. "어머니?"

어머니가 소곤소곤 대답했다. "응?"

"에리어 이모를 캘리포니아로 돌려보낼까요?"

어머니는 거의 소리치다시피 했다. "그래."

나는 다음날 이모를 돌려보내겠다고 했다.

어머니는 고맙다고 웅얼거렸다.

나는 비서에게 상당한 금액의 수표를 끊어서 다음날 한시에 에리어 이모에게 전해달라고 부탁했다.

나는 오후 열두시 오십분에 이모에게 전화했다. "이모, 어머니를 돌보러 와주셔서 감사해요. 얼마나 고마운지 몰라요."

"언니 일인걸. 당연히 그래야지." 이모가 말했다.

"그런데 이모, 이제 집으로 돌아가실 때가 된 모양이에요. 어머니는 당신 뜻대로 지내셔야 하는 분이잖아요. 그런데 이모가 어머니를 침대 가에 걸터앉지 못하게 했다고 들었어요."

"그래. 환자잖아. 그러다 침대에서 떨어질 수도 있어."

내가 말했다. "이모, 어머니는 폐암으로 오늘내일 하고 계세요. 그런 분이 침대 가에 걸터앉은들 뭐가 어떻게 되겠어요. 그동안 어머니를 돌봐주신 게 고마워서 제가 이모한테 선물을 드리고 싶어요."

"언니를 돌본 걸 가지고 돈을 받을 수는 없다."

바로 그때 내 비서가 방안으로 들어가서 에리어 이모 앞에 수표를 내려놓았다. 이모는 금액을 확인하고는 이내 누그러졌다. "어머나, 마야, 얘, 고맙구나. 사랑한다, 언니도 사랑하고. 캘리포니아로 돌아가서도 언니를 위해 계속 기도할게."

이틀 뒤 나는 엑서터에서 집으로 돌아가기로 결정을 내렸다. 노스캐롤라이나의 그린즈버러 공항으로 마중나온 차를 타고 어머니의 병실로 향했다.

비비언 백스터 여사는 혼수상태였다. 그래도 나는 어머니에게 말을 건넸다. 내 손에 놓인 어머니의 손은 꼼짝하지 않았다.

다음날, 나는 여덟 시간씩 어머니 곁을 지킬 수 있게 간병인을 세 명 구했다.

"간호는 하실 필요 없어요. 그건 여기 간호사들이 하니까요.

그냥 어머니 손만 잡아주세요. 화장실에 가셔야 할 때는 다른 분께 맡겨주시고요. 살아 계시는 동안에는 인간의 체온을 느끼게 해드리고 싶어서 그래요."

돌아온 지 사흘째 되던 날에도 어머니 문병을 갔다. 나는 어머니의 손을 잡고 말했다. "허락이 떨어져야 떠날 수 있는 사람들이 있다고 들었어요. 어머니가 기다리고 계신 건지는 모르겠지만, 어머니가 세상에 태어나서 해야 할 일은 모두 다 이루셨다고 제가 장담할 수 있어요.

어머니는 성실한 일꾼이었어요. 백인, 흑인, 동양계, 남미계 여자들이 어머니 덕분에 배를 타고 샌프란시스코를 출항할 수 있게 됐잖아요. 어머니는 선박 설비공이자 간호사이자 부동산 중개업자이자 이발사였어요. 수많은 남자들이, 그리고 제 기억이 맞다면 몇몇 여자들까지도 목숨을 걸고 어머니를 사랑했죠. 어린 자식들을 키우는 데는 소질이 없었지만, 청소년기에 접어든 자식들을 키우는 데만큼은 이 세상에 어머니를 따를 사람이 없었어요."

어머니는 내 손을 두 번 꼭 쥐었다.

나는 어머니의 손가락에 입을 맞추고 침대 옆에 앉아 있던 간병인에게 다시 맡겼다. 그런 다음 집으로 돌아왔다.

새벽에 잠에서 깬 나는 잠옷을 입은 채 1층으로 달려내려갔다. 병원으로 차를 몰고 가서 이중 주차한 다음, 엘리베이터를 기다리지도 않고 어머니의 병실이 있는 층까지 달려올라갔다.

　"방금 전에 눈을 감으셨어요." 간호사가 말했다.

　나는 숨이 다한 몸을 바라보며 어머니의 열정과 기지를 떠올렸다. 어머니는 자신을 사랑하는 기억력 좋은 딸을 둘 만한 자격이 있는 분이었고, 그런 딸이 있었다.

아들과 딸들을 사랑과 웃음과 기도로 길러내고,
　비틀거리고 쓰러지더라도 다시금 일어나 나무랄 데 없는 아버
지와 어머니가 되기 위해 전진하는
　이 세상의 모든 부모들에게,

　내가 어머니 같은 눈으로 늘 지켜보고 있는
　오프라, 스테퍼니 존슨, 리디아 스터키,
　밸러리 심프슨, 베티 클레이, 시더 플로이드,
　딩키 웨버, 재키 세일즈 그리고
　일일이 밝히지 않아도 알 만한
　그 밖의 모든 이들에게 감사드립니다.

　감사합니다, 하느님. 그리고 여러분, 고맙습니다.

"내가 이 책을 쓴 이유는 사랑이 어떤 식으로 사람을 치유하는지,
그리고 어떻게 깊이를 알 수 없는 나락에서 상상 불가능한 높이까지
오를 수 있도록 돕는지 이야기하기 위해서다." _'프롤로그'에서

작가이자 인권 운동가였던 마야 안젤루는 미국 문화계의 대모
였고 수많은 유명 인사들의 멘토로 통했다. 그녀의 글이 화려한
미문은 아님에도 불구하고 코끝 찡한 감동을 전하는 이유는 순
도 백 퍼센트의 진실함이 있기 때문이다. 지금까지 살아오면서
축적한 경험과 삶의 지혜가 녹아 있기 때문이다.

국내에 소개된 전작 『새장에 갇힌 새가 왜 노래하는지 나는
아네』와 『딸에게 보내는 편지』를 통해서도 공개되었다시피 마
야 안젤루가 걸어온 길은 결코 평범하지 않았지만, 그녀는 평탄
하지 않았던 그 시절의 이야기를 할 때도 절대 유머 감각을 잃지
않는다. 그 안에서 이해와 용서와 화해를 말한다. 마흔한 살이라

는 늦은 나이에 첫 작품을 출간해 일약 호평을 받았고 자전적인 이야기를 즐겨 하며 모성애가 물씬 느껴진다는 점에서, 마야 안젤루는 내가 좋아하는 고故 박완서 선생과 닮은 부분이 많다는 생각이 들기도 한다. 두 작가 모두 이제 고인이라 더는 신작을 만날 수 없음이 안타까울 따름이다.

천륜을 역행하는 흉흉한 소식들로 나라 전체가 시끄러운 요즘, 옮긴이의 말을 쓰기 위해 자판을 마주하고 앉아 좋은 엄마의 조건에 대해 생각해보았다. 이 책에서뿐 아니라 기회가 닿을 때마다 숱하게 고백했듯이, 마야 안젤루는 어린 시절에 말문을 닫을 정도로 큰 상처를 겪었고 좀더 자라서는 자기 인생에 큰 영향을 끼칠 만한 실수를 저질렀다. 그럼에도 불구하고 그녀가 끝까지 꿈을 포기하지 않고 지금과 같은 위치에 오를 수 있었던 것은 옆에서 응원을 아끼지 않았던 어머니가 있었기 때문이었다. 그녀의 어머니는 원치 않는 임신이라는 실수를 저지른 딸을 무턱대고 비난하지 않고 옆에서 힘이 되어주었고, 자신이 잘못했다 싶을 때에는 딸 앞에서 무릎을 꿇을 줄 알았으며, 딸이 부르면 만사 제치고 스톡홀름까지 한걸음에 달려가기도 했다. 심지어 스트립 댄서 일을 하겠다는 딸의 이야기를 듣고 의상을 만들어주기까지 했다!

얼마 전 신문에서 '빈의 요리 여왕'이라고 불리는 오스트리아 톱 셰프 김소희씨의 인터뷰 기사를 읽었다. 그녀가 어딜 가도 긍지를 가지고 살 수 있었던 건 평생 "넌 뭘 해도 될끼다" "내서 어쩜 니같이 잘난 딸이 나왔노" 하셨던 어머니 덕분이라고 했다. 지금도 돌아가신 어머니를 만나면 "역시 내한테서 낳은 내 딸이다"라는 말을 듣고 싶어서 열심히 산다고 했다. 엄마가 이렇게 태산 같은 존재로구나, 엄마의 역할이 이렇게 크구나 싶어서 부담감이 느껴지는 한편 (과장을 조금 보태자면) 사명감이 불타오른다.

아이를 낳고 엄마가 되어보니 내 아이가 얼마나 귀하게 느껴지는지 모른다. 뭐든 해주고 싶어서 몸이 달 지경이다. 하지만 『엄마, 나 그리고 엄마』를 번역하며 다시금 깨달았다시피 요즘 아이들에게 더욱 필요한 것은 물질적인 지원이 아니라 정신적인 지원이다. "나는 너를 끝까지 응원하겠다"는 믿음이다. 이런 믿음이야말로 인간이 인간에게 줄 수 있는 가장 큰 선물이 아닐까. 나는 우리 아이들에게 가장 큰 선물을 줄 수 있는 엄마가 되어야겠다고 이 자리를 빌려서 다짐해본다.

이은선

지은이 **마야 안젤루**

미국의 시인, 작가, 민권운동가. 1969년, 자신의 열일곱 살 때까지의 삶을 다룬 자전적 소설 『새장에 갇힌 새가 왜 노래하는지 나는 아네』를 발표하며 베스트셀러 작가 반열에 올랐다. 이후 2013년 마지막으로 발표한 에세이 『엄마, 나 그리고 엄마』에 이르기까지 총 일곱 권의 책을 펴내며, 자신만의 '자서전적 소설' 장르를 구축했다. 가수, 작곡가, 배우, 극작가, 영화감독, 프로듀서, 교수 등으로 다양한 분야에서 활약했고 마틴 루서 킹 목사, 맬컴 엑스와 함께 민권운동에도 힘썼다. 2014년 5월 세상을 떠났다.

옮긴이 **이은선**

연세대학교 중어중문학과와 같은 학교 국제대학원 동아시아학과를 졸업했다. 출판사 편집자, 저작권 담당자를 거쳐 번역가로 활동중이다. 옮긴 책으로는 『세상의 한 조각』 『딸에게 보내는 편지』 『다이어트랜드』 『사라의 열쇠』 『엄마가 있어줄게』 『맥파이 살인 사건』 『초크맨』 『그레이스』 『11/22/63』 『할머니가 미안하다고 전해달랬어요』 등이 있다.

문학동네 세계문학
엄마, 나 그리고 엄마

1판 1쇄 2016년 5월 6일 | 1판 4쇄 2021년 6월 25일

지은이 마야 안젤루 | 옮긴이 이은선
책임편집 홍유진 | 편집 이현자 김지연 | 디자인 김선미 이원경
저작권 김지영 이영은 | 마케팅 정민호 정진아 김혜연 정유선
홍보 김희숙 김상만 함유지 김현지 이소정 이미희 박지원
제작 강신은 김동욱 임현식 | 제작처 한영문화사(인쇄) 신안문화사(제본)

펴낸곳 (주)문학동네 | 펴낸이 염현숙
출판등록 1993년 10월 22일 제406-2003-000045호
주소 10881 경기도 파주시 회동길 210
전자우편 editor@munhak.com | 대표전화 031) 955-8888 | 팩스 031) 955-8855
문의전화 031) 955-8896(마케팅) 031) 955-2634(편집)
문학동네카페 http://cafe.naver.com/mhdn | 트위터 @munhakdongne
북클럽문학동네 http://bookclubmunhak.com

ISBN 978-89-546-4033-6 03840

잘못된 책은 구입하신 서점에서 교환해드립니다.
기타 교환 문의 031) 955-2661, 3580

www.munhak.com